ゲーテのことば

Aus Goethes Sprüchen

J. W. v. ゲーテ

長谷川弘子 [編訳]

晃洋書房

まえがき

　ヨーハン・ヴォルフガング・フォン・ゲーテ（Johann Wolfgang von Goethe, 1749-1832）がこの世に残した作品の数は多い．そればかりではなく，かれには収集癖があったので，書類でいえば原稿，手紙，日記，仕事の書類，研究ノート，メモなどを多く残している．かれが付けていた家計簿もちゃんと残されている．これらの遺稿は現在ではドイツのワイマルにあるゲーテ・シラー文書館に大切に保存されており，いまもなお研究・調査が継続的に行われている．この文書館を作ったのは，ゲーテの孫世代の人々の中でもとりわけゲーテの作品を愛していたワイマル大公妃のゾフィーだった．彼女は，文書館だけではなく同時にゲーテ協会も立ち上げて，ゲーテが残した遺稿を後世に残すための組織を作り上げ，143巻のゲーテ全集を世に出している．このゲーテ全集はワイマル版，またはゾフィー版と呼ばれている．ゲーテの箴言集（単行本）は，このような恵まれた環境にあって，ゲーテ・シラー文書館所属の専門研究員マックス・ヘッカーによって1907年に初めて世に出ている．今回の翻訳に際しては，このヘッカー版『箴言と省察』(1907)，さらにハンブルク版ゲーテ全集12巻(1994, 12刷)とフランクフルト版ゲーテ全集13巻(1993)の注や解説を参照している．テキストはハンブルク版を使用し，一部フランクフルト版も使用した．また，日本語訳では，ハンブルク版ゲーテ全集を底本とする潮出版社のゲーテ全集13巻を常に参照するように努めた．

　ゲーテの箴言の数は，ヘッカー版では1413あるが，本の編者によってその数は異なる．つまり，ゲーテ自身は単行本で箴言集を出

すことを考えていなかったため，作者本人の決定版のようなものがなく，ヘッカーをはじめとして，多くのゲルマニストが箴言の編集を自分の考えにしたがって行っているのである．ゲーテが生前に出版した箴言には，『親和力』，『ヴィルヘルム・マイスターの修業時代』，『ヴィルヘルム・マイスターの遍歴時代』などの作品の中に挿入された箴言と，ゲーテ主宰の雑誌『芸術と古代』，『形態学論考』などの中に掲載された箴言がある．とくに1829年，ゲーテが80歳の年に出版された『ヴィルヘルム・マイスターの遍歴時代』の第2巻と第3巻の巻末には，それぞれ「遍歴者たちの精神による考察」と「マカーリエの文庫から」というタイトルの箴言集が収められており，これはゲーテが仕事の協力者であったエッカーマンに編纂を依頼して出版したものである．これに加えて，ゲーテが残した紙片やノートに書きとめられていた箴言もある．

　この本で訳出した箴言は，これらのゲーテの箴言の中から訳者がかれの思想が比較的明確に読み取れる箴言を選択したものである．つまり，この本はゲーテの箴言の一部をまとめた小さな本であり，抄訳に過ぎない．第一部「ことばの定義」では，ゲーテのことばがどのような意図で使われているのか，そのおおよそがわかるような箴言を選んでいる．第二部「テーマ別の箴言」では，ゲーテを理解するのに欠かせないテーマを扱っている箴言をまとめている．また，箴言の並べ方は訳者の判断で決めているので，先行するゲーテ箴言集とは異なる順序となっている．

　なお，第一部「ことばの定義」，第二部「テーマ別の箴言」のそれぞれの項目の中では，他の箴言とは関連性をもたずに単独で書かれた「単独の箴言」を先に並べ，その次に，まとまって書かれていると判断された「グループの箴言」を並べている．さらにこの「単独の箴言」と「グループの箴言」の並べ方は，両方とも，まず生前に

出版された箴言を時系列で並べ，次に出版されたことがない箴言を
並べている．この出版されたことがない箴言については，書かれた
時期がわかるものを先に時系列に並べ，書かれた時期が判断できな
いものは原文の初めの文字を基準としてアルファベット順に並べて
いる．この並べ方の原則は，フランクフルト版ゲーテ全集の編集の
原則に従っている．

　以上，ゲーテの箴言の成り立ちと本書の構成に関してごく簡単に
まとめてきた．次に，内容理解を深めるために，ゲーテが生きたド
イツ社会の状況について少し説明しておきたい．かれが生きた時代
は，貴族とキリスト教聖職者を頂点にいただく絶対主義王政の土台
を揺るがすフランス革命が起きた，まさに混迷の時代だった．ドイ
ツのワイマル宮廷に仕えていたゲーテ自身も 1792 年と 1793 年のフ
ランス革命軍との戦いに主君の命により従軍している．また 1806
年 10 月 14 日にはワイマル近郊のイエナとアウエルシュテットでナ
ポレオン軍とプロイセン軍の戦闘が行われて，勝利を収めたナポレ
オン軍がゲーテの住む町，ワイマルに雪崩れ込んでいる．ゲーテの
家はかろうじて略奪を免れたが，これに肝を冷やしたゲーテは，そ
れまで書きためてきた原稿が失われることを恐れて，これらの原稿
の出版を急ぐ決意をしている．また，自身に何かが起きたときに備
えて長く内縁関係にあったクリスティアーネと同年の 10 月 19 日に
教会で正式の結婚をしている．これは家族に法的な権利を与えるた
めだったが，ゲーテが教会に向かうときにはまだ砲弾の音が止んで
いなかったという記録がある．

　さらに芸術家としてのゲーテを考えると，この過渡期ならではの
経済的問題があった．つまり，当時は，もはや貴族の庇護を受けて
宮廷詩人として生きることは叶わず，かといって法的な版権の保護
もなく，現代のように版権収入によって自立して生きることも難し

いという，中途半端な状況に芸術家が置かれていた．ゲーテにとっても，取り締まろうにもその手段がない海賊版の流通や著作料の問題で出版社と交渉しなくてはならないことなど，煩わしいことが多かった．ゲーテは父親の遺産を受け継いでおり，さらに亡くなるまでワイマル宮廷の公職にあったことから，経済的な苦労はせずに済んだといわれている．しかし，自身の作品出版に際しては，上記のような理由から，つねに金銭的な問題を巡ってある意味したたかに振る舞わざるをえなかった．たとえば，コッタ社の『決定版ゲーテ全集』出版に際しては，1825 年に「連邦議会による出版特権」を請願するという，いわば最後の手段に出ている．この請願は認められて，ゲーテは例外的に「出版特権」を得ることができている．しかし，これはゲーテだからこそのあくまで例外的な措置であり，当時のドイツの芸術家たちには，版権ということばは絵に描いた餅にすぎなかったことを書き添えておきたい．

　最後に，ゲーテの箴言とかれの自然研究について少しだけ言及する．ゲーテの箴言を理解するためには，この自然研究がゲーテのことばに想像以上に大きな影響を与えていることを知っておく必要があるからである．ゲーテは生涯を通じて，動物学，植物学，気象学，地学，光学などの自然研究に大きな興味を抱いていた．とくに，かれは 1810 年に色彩論に関する大著を出して以来，近代的な自然科学を信奉する専門家たちを相手に憚ることなくニュートン批判を繰り返している．正真正銘の近代自然科学の偉大なる祖，ニュートンに抗っているのだから，当然のことに風当たりも強かっただろう．また，ゲーテ周辺の人たちでさえ，なぜゲーテが畑違いの光学やその他の自然研究に貴重な時間を割くのかについては訝しく思っていた．なにか納得がいかなかった．名高いゲーテ研究者のアルブレヒト・シェーネもその『色彩神学』(1987) を，ゲーテの色彩論は「奇異

な感じを起こさせる」し，「理解しがたい」面があるということばで
始めている.

　なぜかれは色彩論にのめり込んだのか. その答えは容易には見つ
からないが，わたし自身は，ゲーテの箴言を訳していて，かれが使っ
ていることばそのものがかれの自然研究を源にしていることを強く
感じた. ゲーテは，世界を見つめるとき，詩人としてではなく，ひ
とりの自然研究者としての別の境地でそこに現れているものを見つ
めていたのではないか. 2020 年 12 月 9 日，ドイツ連邦議会でアン
ゲラ・メルケル首相は，厳格な新型コロナウイルス感染対策が不必
要であると主張する政治家に対して，なんらかの思惑により人は多
くのことを無効にできるが，重力や光速やその他の事実は無効には
できない，わたしが旧東ドイツで物理学を専門領域として選んだ理
由は科学へのこの信頼ゆえだった，科学者のいうことには耳を傾け
るべきである，という旨の話をした. この演説を聞いたとき，わた
しの脳裏に浮かんだのは，ニュートンの光学実験の要であるプリズ
ムを手にして光の行方を見つめているゲーテの姿である. 不確定な
世を生き抜いたかれであるからこそ，自然研究が本来的にもつ確実
性とユニバーサルな価値に強く惹かれたのではないか. そして，プ
リズムを通した光が実験装置の中ではなく普通の暗い部屋の中では
ニュートンの実験通りの結果をもたらさなかったとき，これは違う
と直観したのではないか. かれは所定の条件のなかで所定の手続き
を経てあらかじめ想定された結果に向かって進めることが必要な
ニュートンの科学的実験には，まったく価値を見いだせなかった.
ゲーテにとってただひたすらに美しかったのは，刻々と変化する空
の青であり，自然のなかで風にそよぐ樹木の目にも鮮やかな緑だっ
た. それは人間が生活のなかで気づくことができるさまざまな現象
のひとつに過ぎなかったにしても，ゲーテにとってはなんらかの完

全なものの反映にほかならなかったのである.

　最後に，訳出に際してアドバイスをいただいた野口薫先生と，この本の出版を引き受けていただき編集の労をとってくださった晃洋書房の高砂年樹氏と福地成文氏に心からの御礼を申し上げたい.

　　2021 年 6 月

長谷川　弘子

目　　次

第二部　テーマ別の箴言

第一部　ことばの定義

1.

関係，好意，愛，情熱，習慣
(Verhältnis, Neigung, Liebe, Leidenschaft, Gewohnheit)

自分と似た人を愛し求める人があれば，自分と正反対の人を愛し追い求める人もある．
(1826 年「芸術と古代」V.3.)

　(注) 雑誌名の後に付けた数字は，ローマ数字は巻，アラビア数字は冊を示す．
　　V.3. の場合，V 巻 3 冊となる．

人が天才^{ジェニー}に求める最初にして最後のことは，真理への愛である．
(1827 年「芸術と古代」VI.1. タイトルページの裏に単独で掲載)

有能で，活動的な男よ，手に入れよ，期待せよ．
　富貴なる人びとから，恩恵を．
　権力ある人びとから，愛顧を．
　勤勉で良き人びとから，助成を．
　多くの人びとから，好意を．
　ひとりひとりから，愛を．
(1829 年「遍歴者たちの精神による考察」)

真理への愛は，至るところに善を見いだし，それを守るすべを知ることに現れる．

(1829 年「遍歴者たちの精神による考察」)

だれかと一緒に生きるのか，だれかのうちに生きるのか，そこには大きな違いがある．一緒に生きることがなくても，その人のうちに生きることが可能な人もあるが，その逆の人もある．両方を結ぶのは，至純の愛と友情によってのみ可能なことである．
(1811 年 4 月:『詩と真実』執筆時に書かれた断片の裏側に記入)

信仰，愛，希望*は，かつて穏やかな楽しい集いの時に，生来の造形的な衝動を感じた．三者は共に力を尽くし，愛らしい形象を作りだした．それは，最高の意味でのパンドラ**，つまり忍耐である．
(1829 年 4 月:手紙の下書きが書かれた全紙にゲーテ自筆で記入)

*信仰，愛，希望:『ヴィルヘルム・マイスターの遍歴時代』第 3 巻第 11 章に以下の文がある．

「キリスト教は，信仰，愛，希望によって実に優美に手を差し伸べてくれる．そこからは忍耐が生じる．それは，たとえ期待していた喜びのかわりにきわめて厄介なお荷物を背負わされようとも，この世にあることはやはり価値のある贈り物なのだという，甘美な感情である．」

**パンドラ:ギリシア神話の登場人物．神々から火を盗んで人間に与えたプロメテウスに復讐するために，ゼウスがヘパイストスに泥から作らせた地上最初の女．厄災の入った壺の蓋を開けて，この世に苦しみをもたらした．

カンティレーナ*．それは，愛の豊かさ，そしてどんな情熱的な幸福をも不滅にする．
(1830 年 10 月頃:メモ帳へ自筆で記入)

*カンティレーナ：合唱・独唱・ソロの器楽曲のためのメロディーのある曲.

＊　　　　＊　　　　＊

[ゲーテ自らが「関係, 好意, 愛, 情熱, 習慣」とタイトルをつけた
6箴言, 1827年「芸術と古代」Ⅵ.1.に掲載]

若者が激しい力を感じる愛は, 生産性を前提とするあらゆることと
同様に, 老人にはふさわしくない. 年齢を重ねても生産性を保って
いるのは, 稀有な例である.

優れた詩人もそうでない詩人も, ありとあらゆる詩人が愛を語って
きかせてくれる. だから愛が必然的に力強く輝いて繰り返し新生す
ることがなかったら, 愛はとうにありふれたものになってしまって
いたに違いない.

情熱に捕われて支配されることは度外視するとしても, 人間はいま
だにかなり多くの避けがたい関係に縛られている. この人間関係を
知らない人, もしくはそれを愛に変えようとする人は, 不幸になら
ざるをえない.

すべての愛は, そばにいることと関係している. すぐそばにいて心
地よいこと, そばにいないときでもつねに目の前に浮かぶこと, 新
たになされる逢瀬への願いをたえず呼び起こすこと, この願いがか
なうときに胸が踊る喜びに包まれること, またこの幸福が続くとき
につねに変わらぬ優美さに伴われること——これらのことをわれわ
れはまさに愛するのである. つまり, われわれは, 目の前に現れよう

るものすべてを愛す可能性がある．いやそれどころか，究極のこと
を言ってしまえば，神への愛は，最高のものをありありと思い浮か
べようと，たえず努力することなのである．

これにごく近いのは，好意というものであり，好意から愛が生まれ
るのは珍しくない．好意は，あらゆる点で愛と似ている純粋な関係
に基づいている．しかし，絶えず目の前にいることへの必然的な要
求においてのみ，愛と異なっている．

この好意は，多方面に向けられることが可能であり，かなり多くの
人たちや事物と関係づけられる．そしてこの好意こそ，人間がそれ
を保ち続けるすべを知っていれば，良い結果をもたらし，その人間
を幸福にするものである．さらに自ら観察してみる価値があるのは，
習慣が愛の情熱に完全に取ってかわれるということだ．習慣が要求
するのは，優美な逢瀬というよりはそばにいて快適なことであり，
そうなると，この習慣は打ち勝ちがたいものである．慣れ親しんだ
関係をやめるのは大変なことである．それは，すべての面倒なこと
をものともしない．不機嫌，立腹，怒りもまったく効果がない．そ
れどころか，慣れ親しんだ関係は，軽蔑や憎しみより長続きする．
小説家が，このようなことを完全に書き表す幸運に恵まれた例があ
るかどうかはわたしにはわからないし，また小説家であっても，さ
りげなく挿話風に書くほかはないだろう．なぜなら，かれは，綿密
に話を展開するときに，ありそうもない多くのこととつねに格闘せ
ざるをえないだろうから．

2.

悪い癖, 特徴, 本来の性質
(Eigenheiten, Eigentümlichkeit, Eigenschaften)

時代遅れの悪い癖 (travers*) はすべて, 腐った油脂のにおいがする無益なものである.
(1821 年「芸術と古代」Ⅲ. 1.)

＊悪い癖 (travers)：travers はフランス語. ミュラー『ゲーテとの会話』1824 年 3 月 8 日には, 「travers とはなにか？ 世間の人々への間違った態度. だれがそれを持たないのか？ どの人生の段階でもその段階に応じた特有の癖をもっている」とゲーテが言ったとある. ミュラー (Friedrich Theodor Adam Heinrich von Müller, 1779-1849) は, 1801 年からワイマル宮廷に仕え, 1808 年からゲーテと親しく交際, 1812 年にゲーテとの会話の記録を開始している. 1815 年にワイマルの法務大臣となる. ゲーテは遺言書においてミュラーを自身の遺言執行人及び遺稿編集の共同責任者に指定している.

だれもがその人なりの悪い癖*を持っており, それから脱することができない. しかも, 自分の悪い癖のために破滅する人も少なからずいる. そして, それがきわめて罪のないものであることもよくある.
(1821 年「芸術と古代」Ⅲ. 1.)

＊悪い癖 (Eigenheiten)：特異性, 風変わり, 気難しさなどの訳語もある.

特徴は，特徴を呼び起こす.

(1829 年「遍歴者たちの精神による考察」)

　　*特徴 (Eigentümlichkeit)：ゲーテは「中立的から肯定的」の範囲内でこのこ
　　とばを使用しているのではないかと推測されている.

その人に備わっているものからは，人は脱することができない. た
とえ，人がそれを投げ捨てても.

(1829 年「マカーリエの文庫から」)

　　*人は脱することができない：1789 年『トルクヴァート・タッソー』第 1 幕第
　　2 場には，公女レオノーレがタッソーについて「愛するお兄様，忘れないよ
　　うにいたしましょう. 人間というものは自分自身とは別れることができな
　　いということを」と語る場面がある.

われわれ本来の性質を養わなくてはならない. われわれの悪い癖で
はなく.

(1812 年 3 月：メモ帳より)

　　(注) 1815 年の詩「箴言風に」の中にも，「悪い癖はしみついて取れない. あな
　　た本来の性質を養いなさい」とある.

3.

こ と ば
(Sprache)

外国のことばがわからない者は，自分のことばについても何もわかっていない．
(1821 年「芸術と古代」Ⅲ. 1.)

ことばそれ自体が正しく，役に立ち，優雅なのではなく，ことばに具現される精神が正しく，役に立ち，優雅なのである．そして，人が計算，話または詩に望ましい本来の性質を与えようとするか否かは，その人自身の問題ではなく，自然がその人にそれに必要な精神的かつ道徳的な資質を与えたかどうかの問題である．精神的な資質とは，ものごとを直観し見抜く力であり，道徳的な資質とは，真実に敬意を払うことを妨げうる悪しきデーモンを拒絶することである．
(1829 年「遍歴者たちの精神による考察」)

趣味の良さについてよく語られる．趣味の良さは，婉曲な表現のなかにある．これは，感覚の刺激をともなう，耳のいたわりである．
(1813 年秋に書かれたと推測されている)

ドイツ人はあらゆることばを習うべきだ．自国で外国の人を厄介な存在だと思わないように，見知らぬ国のどこにいても故郷にいると思えるように．

（1818 年または 1820 年：ふたつの手稿がある．ここでは 1818 年に書かれたと
される手稿の文言を採った）

ことばの力とは，ことばが外国のものを拒絶することではなく，こ
とばがそれを飲み込むことにある．
（フォン・グリュネ伯爵の名刺に記入されていることから，1821 年に書かれたと
推測されている）

感情や理性，経験や思索といったきわめて重要な問題に関しては，
口頭で話し合わなくてはならない．しかし，口に出されたことばは，
聞き手に合った，その次のことばによって生かされていないとすぐ
に死んでしまう．社交的な会話をどうか考えてみてほしい．たとえ
ことばが死なずに聞き手に届いたとしても，今度はその聞き手が，
反論，決めつけ，条件付け，話題を逸らすこと，逸脱すること，そ
の他何千という会話の無作法によって，あっという間にことばを殺
してしまう．書かれたものについては，もっとひどいことになって
いる．すでにある程度なじんでいるもの以外のことを，だれも読み
たがらないのである．つまり，人は，知っていることや慣れ親しん
だことを別の形で書けと要求するのである．とはいえ，書かれたも
のは，長く保たれるので世に受け入れられる日を待てる，という利
点を持ってはいる．
（1826 年：シュタップファー（Albert Stapfer, 1802-1892）の「ゲーテの生涯と作
品」に関する論評の下書きと関連して書かれた．シュタップファーはゲーテの
作品のフランス語への翻訳者であり，「ゲーテの生涯と作品」は，1825 年
Oeuvres dramatiques de J.W. Goethe の巻頭に掲載されている）

翻訳の際には翻訳できないことのぎりぎりまで近づかなくてはなら

ない．そのときはじめて外国人と外国語を知るようになるのだ．
（1826 年後半：草案の書かれた紙に記入）

ペダンティックな言語純粋主義は，意味と精神のさらなる伝播への
不合理な拒否である（例としては英語の grief がある）．
（日付のわからない遺稿より）

人はみな，結局は自分がわかることだけを聞いている．
（日付のわからない遺稿より）

すでにローマ人は，なにか役に立つことを言おうとしたときに，そ
れをギリシア語で言っていた．われわれがフランス語を使っても別
にいいのではないか？
ある外国語がめったにない感情の表現により合っている*のはなぜな
のだろうか．
（日付のわからない遺稿より）

　＊合っている：この遺稿は断片だったので「合っている」は意味を補って訳し
　　ている．

4.

類比と帰納法
（Analogie und Induktion）

類比に従って考えることは，非難されるべきではない．類比は，完
結せず，そもそも決着を欲しないという長所を持っている．それに
対して，あらかじめ設定された目的を視野に入れて，その目的を目
指して働き，真も偽もないも同然に突き進む帰納法は有害である．
(1829 年「遍歴者たちの精神による考察」)

個々の存在するものが，あらゆる存在するものの 類 似 物 だ．そ
れゆえに，われわれの目には， 存 在 はつねに分離されると同時
に結びつけられて見える．そこで類比を追求しすぎると，すべてが
ぴったり一致してしまう．しかし類比を避けると，すべては果てし
ないものに分散する．両者において，観察は停滞する．一方では，
観察は過剰に活発になってしまうし，他方では，観察は殺される．
(1829 年「遍歴者たちの精神による考察」)

類比というものは，ふたつの迷いに陥りがちである．ひとつは，才
知にたけるあまり無に帰すること，もうひとつは，隠喩や比喩で身
を包むことである．とはいえ，後者のほうが害は少ない．
(1829 年「遍歴者たちの精神による考察」)

帰納法を自分自身に一度も許したことはないし，だれかがわたしに

対して帰納法を使おうとしたとしても，わたしはすぐにそれを拒絶
するすべを知っていた．
（1829 年前半：メモ紙に記入）

類比による報告について，わたしは有益で好ましいと考える．類比
の事例は，自分の意図を強要しようとせず，なにものも証明しよう
としない．それは，他に対して，結びつくことなく，対峙するので
ある．類比の事例は数が多くても，閉鎖的な陣営にまとまることが
ない．それは，与えるばかりではなく，つねに人々を活気づける良
質な社交の集まりに似ている．
（前の箴言「帰納法を（…）」が記入されたメモ紙に貼られた紙に書かれていた）

*　　　*　　　　*

［ひとつのまとまりを成すふたつの箴言．1829 年］

帰納法については，わたし自身が静かに研究をするときには一度も
用いなかった．なぜなら，帰納法の危うさを早い時期に身にしみて
感じていたからである．

それなのに，わたしに帰納法を用いて，一種の狩り立て猟*を行って
へとへとに疲れさせて，わたしを狭い場所に閉じ込めようとする人
がいる．わたしには我慢しがたいことだ．

　*狩り立て猟（Treibejagen）：広い地域に勢子を配置し，同時に猟犬を放って
　　獲物を狩り立て，狭い狩り場に追い込む狩りの方法．

＊　　　　＊　　　　＊

［ひとつのまとまりを成す 7 箴言．1829 年 11 月 5 日：書記ヨハン・ヨーン[*]による筆記］

　＊書記ヨハン・ヨーン（Johann August Friedrich John, 1794-1854）：1814 年
　11 月からゲーテが 1832 年に亡くなるまで長くゲーテの書記を務めた．ヨ
　ハン・ヨーンの字は美しく，仕事ぶりも勤勉で静かな性格だった．ゲーテの
　日記には，ヨハン・ヨーンの名前が 500 回近く書かれている．

わたしはそれを一度も自分が使うことを許さなかったし，自身に対
して使うことも許さなかった．
わたしは事実を孤立させて置いた．
ただし，類似物をわたしは拾い集めた．
そしてこの方法で，たとえば植物の変態などの概念にわたしは至っ
たのだった．

論破しようとする者にだけ役に立つのが帰納法だ．
二，三の命題を付け加え，さらに二，三の結論を付け加えてみよ．
するとたちまち人は途方にくれる．

ここには元々，偽推理[*]，つまり事実の隠蔽やら特免詐取やら^{**}，わた
しよりも論理学者が格段に上手く特徴づけ定義できる，ありとあら
ゆるたちの悪い類似の論法が巣くっている．

　＊偽推理（die Paralogismen）：推理形式は正しく見えるのだが，用いられた概
　　念の多義性によって根拠薄弱な結論に至る推理．
　＊＊事実の隠蔽やら特免詐取やら（die Sub- und Obreptionen）：義務・処罰を

逃れるために虚偽の論法を用いることを指す法律用語．ゲーテは，このことばを『色彩論』第2部論争篇第1篇冒頭のニュートン（Isaac Newton, 1642-1727）の『光学』第一命題第一定理を批判することばとして以下のように使っている．「光——この複数形をもって，ニュートンがこの本全体を犯罪行為となす事実の隠蔽やら特免詐取やらがまさに開始される．」

このような段梯子に足をかければ，性急な気性の人間自身もわけがわからなくなる．

そしてそれが生き方，党派形成，意見，彼我の利益，好意に関わる場合は，そのような連鎖は解くことができない．

このことから自分を守るのも困難であるし，だれかをこの鎖から解き放ち，連れ戻すことも困難である．

懐疑は必然的にまず独断的にならざるをえず，するとまた用意周到な敵を見いだす．なぜなら，懐疑であっても，問題を放置するのか，もしくは，常識的に躊躇するような方法で問題を解決するのか，どちらかを選ばなくてはならないからである．

5.

経験と理論
(Erfahrung und Theorie)

経験というものは，果てしないものへと拡大することが可能だ．理論は，この意味では純化されえず，より完全なものになりえない．前者には宇宙があらゆる方向に開いているが，後者は人間の能力の限界内に閉じ込められたままである．それゆえに，すべての考え方は反復されることとなり，拡大された経験にあって視野の狭い理論が繰り返し好まれうるという，奇妙な例が生じるのである．

(1826 年「芸術と古代」V.3.)

経験は学問にとって当初は有益であるが，やがて学問をそこなう．なぜなら，経験は，法則と例外を気づかせるからである．両者の平均をとっても，けっして真実は与えられない．

(1829 年「遍歴者たちの精神による考察」)

経験の節約，
経験の大洪水，
何の話なのかをわかっていたら，
話さないであろうものごと．

(1823 年 6 月 1 日：劇場のビラにメモされていた)

概念は経験の総計，理念は経験の結果．総計を出すには知性が，結果を把握するには理性が必要とされる．

（日付のわからない遺稿より）

理論と経験／現象は互いに継続的衝突のうちにある．省察における一致はすべて錯覚である．行動を通じてのみ両者は一致されうる．

（日付のわからない遺稿（自筆）より）

*   *   *

[ひとつのまとまりを成すふたつの箴言．1828年10月5日付ツェルター*への書簡の最後に書き写されていた．1829年「遍歴者たちの精神による考察」に掲載]

（ゲーテはこの書簡の最後に，今日中にこの手紙の紙を全部埋める時間がないので，とりあえず手元にある紙片から書き写すと書いて，このふたつの箴言を含む9つの箴言を書き添えて手紙を終えている）

対象と心からひとつになり，それによって本来の理論になる，そのような思いやりのある経験的知識がある．とはいえ，精神的能力のこのような高まりは，教養の高い時代のものである．

なによりも不快なものは，不平ばかり言う観察者と偏屈な理論家である．かれらの試み**は堅苦しく複雑であり，かれらの仮説は難解で奇妙である．

*ツェルター（Karl Friedrich Zelter, 1758-1832）：ベルリンの左官の親方の息子として生まれ，1783年に親方となった．幼少期からベルリンでオペラに

親しみ，親方となってからも余暇に音楽を楽しむ．1800 年からベルリンの
ジング・アカデミーの指導的立場につき，ベルリン音楽界の重鎮となる．
ゲーテの詩に曲をつけてゲーテに送ったことにより，ゲーテの知己を得る．
1802 年にワイマルのゲーテを訪問，以後 1832 年にゲーテが亡くなるまで親
しく交際を続けた．ツェルターとゲーテの逸話としては，ツェルターが
1821 年 に 少 年 の メ ン デ ル ス ゾ ー ン（Felix Mendelssohn-Bartholdy,
1809-1847）をワイマルに伴い，ゲーテの前でメンデルスゾーンに演奏をさ
せた，というものがある．賢く，美しく，才能に満ちたメンデルスゾーンの
出現は，ゲーテの心を揺さぶったとされる．

＊＊かれらの試み：ツェルター宛の手紙においてはこの箴言には続きがあり，
そこには「このような人たちのひとりは，あのお人よしのヴンシュだ」とあ
り，さらにかれは「学問の進歩を妨げた」とも書かれている．ヴンシュ
（Christian Ernst Wünsch, 1744-1828）はフランクフルト・アン・デア・オー
ダー大学の教授で，1792 年に『光の色に関する実験と観察』を出版している．

6.

間違いと真理
(Irrtum und Wahrheit)

半端な真理を思いこんでいる脳の状態よりも，きわめて明白な間違いのとりこになった脳の状態になってみるほうがはるかにたやすい．
(1821 年「芸術と古代」Ⅲ.1.)

真実が非常に単純であるということが，あの人たちを不機嫌にする．しかし，かれらによく考えてみてほしいのは，その真実を実践的に有益に応用するには，まだかなりの努力が必要なことである．
(1821 年「芸術と古代」Ⅲ.1.)

 *真実（das Wahre）：das Wahre はすべて真実と訳した．

間違いをもとに自分の世界を作り，それにもかかわらず，人間というものは役に立たなくてはならないなどと，うるさく言い続ける人たちを腹立たしくおもう．
(1821 年「芸術と古代」Ⅲ.1.)

偽りの学説には反証を挙げられない．なぜなら，その拠って立つところが，その偽りが真であるという確信だからである．しかし，反論を繰り返し表明することは可能であり，許されることであり，しなくてはならないことである．

(1821 年「芸術と古代」III. 1.)

間違いを認識するのは，真理を見つけるよりもずっと簡単である．間違いは表層にあるので，処理できる．真理は深いところにあるので，それを探るのは，だれにでもできることではない．
(1823 年「芸術と古代」IV. 2.)

あらゆる間違いの中で最も愚かな間違い——それは，頭の良い若者が，ほかの人がすでに承認した真実を承認することで独創性を失うと思うこと．
(1824 年「芸術と古代」V. 1.)

その人の間違いがまさにかれを愛すべきものにする．
(1826 年「芸術と古代」V. 3.)

間違いは，絶えず行動において繰り返される．それゆえに，真実を根気強くことばで繰り返さなくてはならない．
(1826 年「芸術と古代」V. 3.)

歴史家の義務は，真と偽を分け，確実と不確実を分け，疑わしいものと退けるべきものを分けることである．
(1826 年「芸術と古代」V. 3.)

観察に開かれている世界，つねに直観または予感される世界，それはいつも同じ世界である．一方，真実ないし偽りのうちに生き，真実よりも偽りのほうが好都合な人も，いつも同じ人である．
(1826 年「芸術と古代」V. 3.)

真理はわれわれの本性と相いれないが，間違いはそうではない．その理由は非常に簡単である．つまり，真理は，われわれ自身に限界があることを認識せよと迫るが，間違いは，なんらかの方法においては限界などないとわれわれに媚びるのである．
（1826 年「芸術と古代」V.3.)

人は自分の間違いから脱しようとすれば，高い代償を払わなくてはならない．そうなったら最後，それで済んだだけ運がよかったといわざるをえない．
（1826 年「芸術と古代」V.3.)

間違いと真実の関係は，眠りと目覚めの関係に等しい．よく寝てさっぱりしたかのように，人が間違いから真実にふたたび向かうのを感じとった経験がある．
（1826 年「芸術と古代」V.3.)

まったくの間違い，半分の間違い，四分の一の間違いを正しく区別し，精査して，それぞれに対応する真実を示すのは，至難の業である．
（1829 年「遍歴者たちの精神による考察」)

真実が具現化されるのは，かならずしもいつも必要なことではない．それが精神的にあたり一面に流れて一致をもたらせば，それが鐘の音のように厳かに，かつ親しみやすく大気を揺らせば，それだけで十分なのである．
（1829 年「遍歴者たちの精神による考察」)

一度口にしたうえはその虚偽を繰り返すしかないと感じなかったら，まったくの別人になった人は少なくない．
(1829 年「遍歴者たちの精神による考察」)

真実は啓発する．しかし，間違いからは何も育たない．それは，われわれを巻き込むだけである．
(1829 年「遍歴者たちの精神による考察」)

真実は，神の似姿である．それは，直接的には現れないので，われわれは真実をその 顕 現 から推測するしかないのだ．
(1829 年「マカーリエの文庫から」)

新しい真理にとって，古い間違いほど害になるものはない．
(1829 年「マカーリエの文庫から」)

事物の関係はすべて真である．間違いは人間のなかにのみある．人間について真なのは，人間が間違えること，自分自身，他者，事物との関係を見いだせないこと，これだけである．
(1810 年 12 月頃：フォン・ゲルツ＝ヴリスベルク男爵の名刺にメモ)

だれかの受け売りの真理はなるほど優美さを失っている．しかし，心底不愉快なのは，間違いを受け売りすることである．
(1818 年頃：メモ用に使用された封筒に自筆で記入)

間違えるとは，真実が全然ないかのような状態にあることであり，自他の間違いを発見するとは，さかのぼって見つけだすことである．
(1829 年前半：メモ紙に貼られた紙に書かれていた)

たいていの場合，弱さには偽り（間違い）のほうが心地よい．

（1830 年 10 月頃：メモ帳へ自筆で記入）

自然は，なんらかの間違いを意に介さない．自然というものは，どういう結果が生じるかなどと思いわずらわず，必然的に，ただ永遠に正しく行動する．

（1830 年：『ファウスト』第二部の最終場面の草稿と共に，1830 年 12 月の手紙の下書きの裏に自筆で書かれていた）

破壊に際しては，どんな偽りの意見でも通用する．建設に際しては，けっしてそうはいかない．真実でないものは，なにも建設しない．

（1832 年 1 月：自筆でメモ帳にある四行詩の後に記入）

真実の諸領域は，互いに直接的に接している．一方，空　隙[インタームンディエン]には，間違いがぶらぶら歩き幅をきかせる余地が十分にある．

（日付のわからない遺稿より）

*　　　　*　　　　*

[ひとつのまとまりを成す 5 箴言．1821 年「芸術と古代」Ⅲ.1. に掲載]

ある不十分な真実がしばらくのあいだ影響を与え続け，ある日突然，十分な解明のかわりに目をくらます偽りが登場する．世間というものはそれで満足し，かくして何百年も混迷が続く．

学問においては，古代人がすでに持っていた不十分な真実を探し出

し，それをさらに先へ進めることがきわめて有益である．

思い切って口にする意見というものは，ゲーム盤で前に進める駒と
似ている．負けて取られてしまう可能性を持ちつつも，その駒は，
有利な試合を導き出していたのである．

真理と間違いがひとつの源から生じていることは，たしかであり，
奇妙なことでもある．それゆえに，間違いを正すべきでないことが
よくある．なぜなら，そうすると一緒に真理をそこなってしまうか
らである．

真理は人間に属する．間違いは時代に属する．それゆえに，ある卓
越した男性[*]についてこういわれたことがある．「生まれた時代に恵
まれなかったのがかれの間違いの原因である．しかし，かれの精神
の力は，名誉ある形でかれをそこから抜け出させた.」

　*ある卓越した男性：上記の引用は，『ウェルテルの悩み』のフランス語への
　　翻訳者スヴランジュ（Charles-Louis de Sevelinges, 1767-1831）が 1820 年に
　　出した *Mémoires de la maison de Condé*（『コンデ家回想録』）からのもので，
　　フランス語である．ある卓越した男性とは，大コンデと呼ばれるコンデ家
　　のルイ 2 世（Louis II de Bourbon, prince de Condé, 1621-1686）を指す．大
　　コンデは，17 世紀フランスの大将軍のひとりで，30 年戦争でスペイン，ド
　　イツの両軍に勝利し，ウェストファリア条約の締結（1648）に貢献した．そ
　　の後パリで起きたフロンドの乱の渦中にあって宰相マザランによって逮捕，
　　釈放ののち第二次フロンドの乱の指導者となり一時期パリを占領した．し
　　かし，情勢が変化してネーデルラントに亡命，その後スペイン側の客将とな
　　りフランスと戦った．ピレネー条約（1659）の特赦によって大コンデはフラ

ンスへの帰国が許され，その後はルイ 14 世（Louis XIV, 1638-1715）の統治
下で歴戦を戦い，戦功をあげた.

*　　　*　　　*

[ひとつのまとまりを成す 4 箴言. 1829 年「遍歴者たちの精神による考察」に掲載]

偽りには，それに関していつでも無駄話ができるという利点がある.
しかし，真実はすぐに役立てられなくてはならない. そうでないなら，そこに真実はない.

いかに真実が実際の場面でものごとを容易にするのかを理解しない
者は，自身の間違った，骨の折れる行動をなんとか言いつくろおう
として，真実のあら捜しをしたり，冷やかしたりしたがるものだ.

ドイツ人は，かれらだけの話ではないにしても，学問を近寄りがた
いものにする才能を持っている.

イギリス人というのは，発見されたものをすぐに利用する名人（マイスター）で
あり，結果としてそれがまた新たな発見や新しい行動につながって
いる. なぜかれらが至るところでわれわれに先んじているのか，自
問してみるとよい.

7.

知識と行動
(Wissen und Tun)

自分が確信することを実行するだけの力は，ひとりひとりにいまな
お残っている．

(1821 年「芸術と古代」Ⅲ.1.)

学問においてさえ，そもそも何も知ることはできない．つねに実践
あるのみである．

(1822 年「形態学論考」Ⅰ.4.)

活動的な無知というものほど手に負えないものはない．

(1826 年「芸術と古代」V.3.)

読めるとしたら，理解するべきである．
書けるとしたら，なにかを知っていなければならない．
信じられるとしたら，把握するべきである．
熱望するとしたら，なにかをするべきだろう．
要求するとしたら，手が届かないだろう．
そして，経験が豊かであれば，役に立つべきである．

(1829 年「遍歴者たちの精神による考察」)

純粋な経験に満足し，それに従って行動する者には，十分な真実が

ある．成長期の子どもは，この点で賢い．

（1829 年「遍歴者たちの精神による考察」）

さまざまな制約を不快に感じたレッシングは，作中人物のひとり[*]に「しなくてはならないことを，だれもがする必要はない」と言わせている．機知に富んだ快活な[**]男は，「したいと思う者が，するべきである」と言った．第三の[***]男，もちろん教養がある男なのだが，かれは，「認識する者が，する意志をも持つ」と付け加えた．かくして，認識，意志，義務の輪は，完全に閉じられたはずであった．しかし，概して，どのような認識の仕方であろうとも，その人の認識というものが，その人のやることなすことを決定するものだ．それゆえに，無知な行いを見るほど恐ろしいものはやはりない．

（1829 年「遍歴者たちの精神による考察」）

*作中人物のひとり：レッシング（Gotthold Ephraim Lessing, 1729-1781）の
　『賢者ナータン』（1779）第一幕第三場に，托鉢修道士に対するナータンのせ
　りふに同様のものがある．
**機知に富んだ快活な男：ツェルターがゲーテに宛てた 1826 年 1 月 4 日の
　手紙に同様のことばがあることから，ツェルターを指すと推測されている．
***第三の男：ゲーテがツェルターに宛てた 1826 年 1 月 21 日付けの手紙に
　は以下の部分があることから，ゲーテ自身を指すと推測されている．

　　「『したいと思う者が，するべきである』ということだが，わたしならこう
　　付け加えるね．——認識する者が，する意志を持つ．これでわれわれは，
　　ぐるりと，最初に始めたところに戻ることになる．つまり，人は確信の
　　うえで，なすべきことをしなくてはならない．」

知るだけでは十分ではなく，応用もしなくてはならない．意志だけ

では十分ではなく，行動もしなくてはならない．

（1795 年の終わりに書かれたとされる．1829 年「マカーリエの文庫から」に掲載）

活動的な自然から生じておらず，活動的な生活に向かって良い影響を与えることもなく，その時々の生活状況に応じたさまざまな変化のうちに間断なく生じては消え去る思想は，世の中の役にあまり立たなかった．

（日付のわからない遺稿より）

8.

人知，知性，理性
(Menschenverstand, Verstand, Vernunft)

人知というものは，健全な人間とともに純粋に生まれ，おのずから発展し，必要で有益なことの断固とした知覚と承認を通じて明らかになる．実務的な男性や女性は，自信をもって人知を使いこなす．しかし人知が欠ければ，両性ともが，自分がほしいものを必要とみなし，自分が気に入ったものを有益とみなすこととなる．
(1826 年「芸術と古代」V.3.)

抽象的なことはすべて，応用されることを通じて人知に近づけられる．同様に，人知は行動と観察によって抽象的な概念へと至る．
(1829 年「遍歴者たちの精神による考察」)

理性は生じつつあるものを，知性は生じたものを頼りとする．前者が気にしないのは「何のために (wozu?)」であり，後者が問わないのは「どこから (woher?)」である．理性は，発展を喜ぶ．一方，知性は，利用できるようにすべてをしっかりと保持したいと願う．
(1829 年「遍歴者たちの精神による考察」)

人間はなんらかの影響のただなかに存在しているので，その原因を問わずにはいられない．そこで，易きに流れる人間は，直近の原因を最善のものとして手に取り，それで安心するのである．このこと

は，一般的な人知のあり方において顕著である．

（1829 年「遍歴者たちの精神による考察」）

学問において，いやそればかりではなく，至るところで大きな害悪
が起こるのは，理念的能力がない人間が，知識が多いだけでは理論
化はできないとわからずに，不遜にも理論化をするからである．か
れらは，当初はたしかに称賛に値する人知をもって著作にあたるが，
しかし人知には限界があり，その限界を越えると不合理に陥る危険
がある．人知に割り当てられた領域と遺産は，行為と行動の領域で
ある．活動的であれば，人知は道を誤ることはめったにない．しか
し，より高度な思考，推論，判断は，人知の為すところではない．

（1828 年 11 月 12 日：劇場のビラの裏側に自筆で記入，1829 年「遍歴者たちの精
神による考察」に掲載）

愚かさは，若干の理性をもってそれを助けようとするよりも，起こ
るがままにしておいたほうがよい．理性は愚かさと混ざるとその力
を失い，愚かさは本性を失う．この本性は，愚かさが何とか先へ進
むのを助けることがよくある．

（1787 年：イタリアでメモ帳に記入）

理性的なことも，非理性的なことも，同じ反論をこうむる．

（1828 年末と，1829 年 5 月：同じ内容で 2 回，自筆でのメモ）

人は，理性の批判に長く取り組んできた．だがわたしは，人知の批
判を望んでいた．常識がどこまで達しうるのか，納得がいくまで示
すことができるとしたら，それは人類にとって真の意味での恩恵で
あるだろう．常識が達しうるのは，この世の生活にちょうど十分な

ぎりぎりの範囲に限られているのである．

(1829 年頃：エッカーマン*『ゲーテとの対話』1829 年 2 月 17 日にカントの理性
批判に関連して，同様の記述がある)

> ＊エッカーマン（Johann Peter Eckermann, 1792-1854）：貧しい家庭に生まれ
> 独学の後，1821 年から 1822 年までゲッティンゲン大学で法学を学ぶ．1823
> 年にワイマルのゲーテを訪ね，以後，ゲーテが亡くなるまでかれの話し相手，
> 仕事の協力者としてゲーテ決定版全集などの編集作業を手伝う．ゲーテは
> 遺言書において，エッカーマンを『ゲーテ決定版全集（遺稿集）』の編纂者と
> して指名している．1837 年に『ゲーテとの対話』（第一部，第二部）を出版，
> 1848 年に『ゲーテとの対話』（第三部）を出版．

そもそも実際的なことを頼りとする人知が道を誤るのは，より高度
な問題の解決に手を伸ばしたときのみである．これに対して，より
高度な理論もやはり，人知が活動し存在する領域に行くすべを知る
ことは少ない．

(1829 年：書記ヨハン・ヨーンによって集められた手稿集より)

＊　　　　　＊　　　　　＊

[ギゾー*の『ヨーロッパ文明史』（1828）からの引用に触発されて書
かれた箴言．1829 年「遍歴者たちの精神による考察」に掲載]

> ＊ギゾー（François Pierre Guillaume Guizot, 1787-1874）：パリで法律を学ん
> だのち，雑誌 Publiciste に投稿するようになり文筆活動に入る．1812 年に
> はエドワード・ギボンの『ローマ帝国衰亡史』のフランス語訳を出している．
> ソルボンヌ大学の歴史学教授となるが，復古王政期に政治家としての活動
> を始め，1840 年以降の七月王政期には，外相，首相となる．安士正夫訳『ヨー

ロッパ文明史——ローマ帝国の崩壊よりフランス革命にいたる』の新装版
がみすず書房から 2014 年に出ている.

≫ Le sens commun est le Génie de l'humanité.≪
「常識（ル・サンス・コマン）は人間の天分である.」

人間に与えられた天分（ジェニー）とされる，この常識は，まずはその現れ方に
おいて観察されるべきだ. 人間がなんのために常識を用いるかを研
究すると，以下のことがわかる.

人間は，欲求によって限定されている. これらの欲求が満たされな
いと人間は苛立ちを見せ，欲求が満たされると無関心なさまを示す.
つまり，人間というものは，このふたつの状況の間を動いている.
そこで人間は，人知といわれる知性を，自らの欲求を満たすために
用いる. それがうまくいけば，人間は無関心の領域を満たすという
課題を得ることになる. これが，直近の最も必要な境界線内に限定
されると，ことはまた人間にとってうまくいく. しかし，欲求が高
まり，それらが一般の範囲から外へ出ると，常識だけではもう足り
ず，それはもはや天分ではなくなる. 間違いの領域が人間の前に開
かれるのである.

*　　　　*　　　　*

[ひとつのまとまりを成す 3 つの箴言. リーマー*による筆記，一枚
の紙に書かれていた]

　*リーマー（Friedrich Wilhelm Riemer, 1774 -1845）：1794 年からハレで神学
　　と文献学を学ぶ. 1801 年からフンボルト家の家庭教師となり，フンボルト

家に同伴して 1802 年にローマに向かう. 1803 年に帰国後, ゲーテの息子ア
ウグスト (August Walther von Goethe, 1789-1830) の家庭教師となり, や
がてゲーテの仕事に欠かせない協力者となり, 1827 年から刊行されたコッ
タ版『決定版ゲーテ全集』刊行に大きく寄与した. 1812 年からワイマルの
ギムナジウム教授, 1841 年に枢密顧問官. ゲーテは遺言書で, リーマーを
『ゲーテ決定版全集（遺稿集)』の編纂者として指名している. 1841 年に
『ゲーテに関する報告』2 巻を出版.

気分は無意識のものであり, 感覚に基づいている. それは, 感覚の
自己矛盾である.

ユーモアが生じるのは, 理性とものごとがバランスを保っていない
ときで, 理性がものごとを支配しようとしてそれを実現できないと
きか, または, ものごとにある程度屈服してそれにもてあそばれる,
いわゆるサルヴォ・ホノーレ*のときである. 前者は腹立たしい悪い
ユーモアであり, 後者は, 明るいユーモアまたは良いユーモアであ
る. 後者は, 自分を低くして子どもたちと遊び, 楽しみを与えるよ
りも多く受け取る父親によってうまく象徴されうる.

　*サルヴォ・ホノーレ (salvo honore)：「名誉を保たれた」の意である.

後者の場合, 理性はゴッフォを演じ, 最初の場合はモローゾを演じ
る.

　(注) ゴッフォはコメディア・デラルテのまぬけ, モローゾはコメディア・デ
　　ラルテのきむずかし屋である.

9.

直観と伝承
（Anschauung und Überlieferung）

ヴィーマン*氏によって翻訳された，ドービュイソン・ド・ヴォワザ
ン**氏の地質学を手に入れたが，多くの方法において，現在，わたし
の助けとなっている．とはいえ，主な点においては，わたしの心を
暗くしてもいる．なぜなら，この本では，世界の表層の活発な眺め
に本来は基づくべき地質学が，なんの直観もなされないまま，概念
にさえ転換されないまま，専門用語の集まりになり下がっているか
らである．もちろん，この最後の点に関しては，あらゆる人に，そ
してわたし自身にもためになり，有益ではあるのだが．

（1821 年から 1822 年頃に書かれた）

* ヴィーマン（Johann Gottlieb Wiemann, 1790-1862）：1821 年にドービュイ
  ソン・ド・ヴォワザン著 "Traité de Géognosie"（『地質学概論』1819）の翻訳
  『地質学，或いは地球の自然，鉱物の性質に関する現在の知識の叙述』を出
  した．1821 年 10 月 2 日のゲーテの日記にこの翻訳を読んだという記述が
  ある．

** ドービュイソン・ド・ヴォワザン（Jean-François d'Aubuisson de Voisins,
  1769-1841）：フランスの地質学者で技術者．フライベルクの鉱山アカデミー
  においてヴェルナー（Abraham Gottlob Werner, 1749-1817）の下で 1797 年
  から 1802 年まで学び，ヴェルナーの水成岩地層説（水底または地表の堆積
  物が岩石となる）に影響を受けた．

*　　　*　　　*

[ひとつのまとまりを成す 3 つの箴言．1829 年「遍歴者たちの精神による考察」に掲載]

日常の直観，つまり地上の事物を正しく見ることは，一般の人知が受け継いだ遺産である．一方，外界と内界を純粋に直観することは，非常にまれである．

前者は，実践的な意味において，直接的行動において，示される．後者は象徴的に，とくに数学を通じては，数と公式において，ことばを通じては，始原的比喩的に，天才（ジェニー）の詩として，また人知のことわざとして，示される．

いまここに存在しないものは，伝承を通じてわれわれに働きかける．一般の伝承は，歴史的と呼ばれうるが，より高度な，想像力に近しい伝承は，神秘的である．この伝承の背後に第三のなにか，つまりなんらかの意味をもっと求めると，それは神秘主義へと変化する．それはやはり容易に感傷的なものともなり，結果としてわれわれはただ心地よいものだけを身につけることになる．

10.

発明と発見
(Erfinden und Entdecken)

　学問においてはすべてはアペルスュと呼ばれるもの，つまり現象の根底に本来あるものに気づくこと，にかかっている．そしてこの気づきは果てしなく生産的である．
(1810年『色彩論』歴史篇第5部「ガリレオ・ガリレイ」)

　（注）ここでは，ガリレオ・ガリレイ（Galileo Galilei, 1564-1642）が教会のランプが揺れているのを見て〈振り子の原理〉と〈物体の落下の原理〉を発見したことを，ゲーテは，アペルスュということばで説明している．

真のアペルスュはすべて，ひとつの結果から生じ，さらに結果をもたらす．それは，偉大で生産的な上昇する鎖の結合部なのである．
(1822年「形態学論考」I.4.)

わたしの内的活動の全体は，活発な発見的方法^{ホイリスティク}である．それは，予見される未知の規則を承認しつつ，それを外部世界において見いだそうとし，かつ外部世界に導入しようとする方法である．
(1826年「芸術と古代」V.3.)

賢明なことはすべて，もうすでに考えられてしまっている．するべきなのは，それを再度考えてみることのみである．

(1829 年「遍歴者たちの精神による考察」の冒頭の箴言)

> （注）『ファウスト』第二部（6809 行から 6810 行）では，メフィストーフェレ
> スが「馬鹿げたことであっても賢いことであっても，大昔にとっくに考えら
> れていなかったことを考えられる人がいるものかね」とかつてファウスト
> の弟子だったヴァーグナーについて話している．

われわれがより高い意味において発明，発見と呼ぶものはすべて，
ずっと以前から静かに形成されていたものが，前触れなく稲妻のご
とく突然に生産的な認識に至る，本物の真理感性の意味ある実行，
実現である．それは，内面から出て外側で発生する啓示であり，人
間に神との相似を予感させる．それは，存在の永遠の調和について，
至福の約束を与える，世界と精神の統合である．
(1829 年「遍歴者たちの精神による考察」)

最初に気づくこと（いわゆる発見）の喜びを，だれもわれわれから奪
うことはできない．しかし，その名誉をも求めようとすれば，せっ
かくの喜びが非常に損なわれる可能性がある．なぜなら，たいてい
の場合，われわれは最初の人ではないのである．
(1796 年初頭：メモ帳より)

発明するとははたしていかなることか，あれやこれやを発明したと
だれが言えるというのか．そもそも新たに考えだしたと主張しよう
とすること自体が，真に愚かなことである．なぜなら，自分は剽窃
者だと誠実に表明する意志がない場合，それはまさに無意識の慢心
にすぎないのだから．
(おそらく 1822 年以前：クロイターの筆記帳に記載)

＊クロイター（Friedrich Theodor Kräuter, 1790-1856）：1805 年，ギムナジウ
ムの生徒だった頃にワイマル図書館の書記として働き始める．ゲーテと
フォークト（Christian Gottlob von Voigt, 1743-1819）にその「勤勉さ，几帳
面さ，信頼性」を見いだされて，ワイマル図書館の司書となる．ワイマル図
書館で働きながら，ゲーテの図書，手紙，書類，日記，美術品・自然物の収
集物の整理にも力を発揮し，目録作成に励んだ．ゲーテは 1831 年の遺言で，
クロイターを自らの文庫，収集物の正式な管理保管人と指定している．
フォークトは，1777 年からワイマル宮廷に仕え，1783 年からゲーテの協力
者となり，1815 年にワイマルの国務大臣となった，ゲーテの親しい友人．

ものを知らない人は，賢者によって何千年も前にすでに答えが与え
られている質問を投げかける．
（1829 年：書記ヨハン・ヨーンによる清書集より）

11.

普遍と特殊
(das Allgemeine und das Besondere)

特殊は永遠に普遍の支配下にある．普遍は永遠に特殊に適合しなく
てはならない．
(1823 年「芸術と古代」IV. 2.)

　(注) ここでは，das Allgemeine を普遍，das Besondere を特殊と訳す．ゲー
　　　テ辞書には，das Allgemeine はゲーテの「自然直観と美学の概念」としては，
　　　「法則的なものとして，(現象における) 理念として，das Besondere との相
　　　関関係においては多様なものとして」の概念を持つとある．

特殊において卓越した人間が何を成し遂げたのかを悟るまで，じつ
に長いあいだわたしは普遍を求めて努力をしてきた．
(1823 年「芸術と古代」IV. 2.)

特殊が，より普遍的なものを，夢や影としてではなく，究めがたい
ことの活発で瞬間的な啓示として表すところ，そこに真の象徴があ
る．
(1826 年「芸術と古代」V. 3.)

芸術作品の鑑賞において比較をするべきか否かという問いには，以
下のように答えたい．修業を積んだ専門家は，比較をすべきである．

なぜなら，かれの念頭には理念が浮かんでおり，何が成されうるのか，成されるべきなのかをわかっているからだ．人間形成の途上にある愛好家であれば，比較をせずそれぞれの功績をひとつひとつ鑑賞する場合に，最上のあり方で成長を促される．このことによって，より普遍的なものに対する感情と感受性が次第に形成されるのである．無知な人たちによる比較は，そもそも，判断をひけらかすのに便利であるという安易さにすぎない．

(1829 年「遍歴者たちの精神による考察」)

普遍とは何か．
個々の事例．
特殊とは何か．
何百万もの諸事例．

(1829 年「遍歴者たちの精神による考察」)

普遍と特殊は一致する．特殊は，さまざまな条件のもとに現れる普遍である．

(1829 年「遍歴者たちの精神による考察」)

活発な統一体の根本的特徴とは，分離し，ひとつになり，普遍になり，特殊であり続け，変化し，固有の形態をなすことであり，その活発なものが無数の条件のもとで明らかに示すように，生じては消え，固まっては溶け，凝固しては流れ出し，拡大しては縮小することである．一方，このような作用はすべて同じ瞬間に起こるものであるから，すべてのこととおのおのことは，同時に生じる可能性がある．発生と消滅，創造と破壊，誕生と死，喜びと苦しみなど，すべては，同一の意味において，同一の量において，互いに入り乱

れて作用する．それだからこそ，現象として生じる最上級の特殊が，
最上級の普遍の形象や比喩としてつねに現れるのである．
（1829 年「遍歴者たちの精神による考察」）

天才（ジェニー）は一種の偏在をなす．経験以前には普遍へと，経験後には特殊
へと．
（1828 年 3 月：メモ帳への記入）

真実（普遍），それをわれわれは認識してしっかりと保持する．
情熱的なこと（特殊），それはわれわれの前に立ちはだかり，われわ
れをつかんで放さない．
第三のものである雄弁は，真理と情熱のあいだをゆれ動いている．
（日付のわからない遺稿より）

＊　　　　　＊　　　　　＊

[ひとつのまとまりを成すふたつの箴言．1825 年「芸術と古代」V.
2．に掲載]

シラーとわたしの関係は，ひとつの目的に向かう二人の断固とした
方向性に基づき，われわれの共同作業は，その目的に達しようとす
る手段の相違に基づいていた．
あるささやかな相違に関しては，かつてわたしたちの間で話に出た
ことがあった．かれの手紙のある箇所を読んでこれをまた思い出し，
わたしは次の考察を行った．

　＊かれの手紙：1802 年 1 月 20 日のシラーの手紙と推測されている．シラー

（Friedrich von Schiller, 1759-1805）は，ゲーテとともにワイマル古典主義を推進した詩人，戯曲家，文筆家．処女作の戯曲『群盗』初演（1782）では人間の魂の叫びが聞こえるかのような激烈な台詞でマンハイム劇場の観客を熱狂させたとされる．しかし，主君のカール・オイゲン公（Carl Eugen, Herzog von Württemberg, 1728-1793）に著作活動を禁じられて，軍医として働いていたシュトゥットガルトから出奔，各地を点々としたのち，1789年からイエナ大学で教鞭をとるようになる．1794年からゲーテと親しく交際するようになり，1799年には代表作『ヴァレンシュタイン三部作』を世に出している．シラーが1805年に長年苦しんだ病で亡くなったとき，ゲーテは「ひとりの友人を失い，同時にわたしの存在の半分を失った」とツェルターに書き送っている．

詩人が普遍に特殊を探すのか，それとも特殊のなかに普遍を見るのか，そこには大きな違いがある．前者のやり方からはアレゴリーが生じ，そこでは特殊は単に事例，つまり普遍の事例と見なされる．しかし，後者のやり方はまさに 詩（ポエジー） の本質である．それは，普遍を考えたり普遍を指し示したりすることなく，特殊を口にする．この特殊を生き生きとつかむ人こそが，普遍に気づくことなく，もしくはのちに気づく形で，特殊と同時に普遍を手に入れるのである．

12.

理念と現象
(Idee und Erscheinung)

きわめて単純な現象まで謎にせよというには，もう十分世界は謎で
満ちていないだろうか．
(1821 年「芸術と古代」Ⅲ.1.)

理論的な意味における絶対に関して，わたしは語る気にはなれない．
わたしが言えるのは，現象において絶対を承認してつねにそれを見
つめ続けた者は，そこから非常に大きな利益を得るだろう，という
ことのみだ．
(1825 年「芸術と古代」V.2.)

理論それ自体は，本来，われわれに諸現象の連関を信じさせるとき
にのみ有益である．
(1829 年「遍歴者たちの精神による考察」)

どんな偉大な理念であっても，現象に入るやいなや専制的に作用す
る．それゆえに理念が生み出す利益は，余りにも早く不利益に変
わってしまう．だから，その始まりを忘れずに当初適用されたこと
すべてが今でも適用されているあらゆる機関を，擁護し称賛したい．
(1829 年「遍歴者たちの精神による考察」)

空がどこでも青いということを理解するのに，世界一周旅行をする
必要はない．

(1829 年「遍歴者たちの精神による考察」)

最高のことは，あらゆる事実そのものがすでに理論であることを理
解することだが，現実はそうではない．空の青は，われわれに色彩
論の根本的法則を明らかにする．現象の背後になにものをも探すこ
とのないように望む．現象そのものが教えなのである．

(1829 年「遍歴者たちの精神による考察」)

果てしない空間の闇が日光に照らされた大気中の靄を通して見られ
るとき，青色が現れる．高い山の上では，昼間は，空は王の青*に見
える．なぜなら，果てしない闇の空間の前を，細かい粒子の靄がほ
んのすこし漂っているだけだからである．谷底へと降りていくとす
ぐに，その青は明るくなる．そして最後に，ある特定の地域で靄が
増えると，白味がかった青へと一変する．

(1810 年『色彩論』教示篇第 2 編：物理的色彩 155.)

　*王の青 (königsblau)：濃い青．画家が青と緋色 (濃く明るい赤) を混ぜて作
　る色も指す．

原因への活発な問いかけ，原因と作用の混同，偽りの理論における
安心は，増大させてはならないきわめて有害なことである．

(1829 年「遍歴者たちの精神による考察」)

自然が，無生命の原初において，かくも徹底的に立体幾何学的でな
いとしたら，いかにして最後に，予測もできない計り知れない生命

に到達しようとしたというのか.

（1829 年「マカーリエの文庫から」）

現象は根拠のない結果であり, 原因のない作用であると言われるのは, まったく適切だ. 根拠や原因を見いだすのは人間には難しすぎる. なぜなら, それらは非常に単純なので人の目には見えないのである.

（1828 年：エッカーマンによる筆記. 前の箴言と一緒に筆記されていた.）

理念と呼ばれるもの, それはつねに現象となり, それゆえにあらゆる諸現象の法則としてわれわれの前に立ち現れる.

（1830 年 7 月：自然研究の下準備の紙に書かれた自筆のメモ.）

*   *   *

[ひとつのまとまりを成すふたつの箴言. 1807 年：メモ帳にゲーテの自筆で記入]

アレゴリーは現象をひとつの概念に, その概念をひとつの形象に変える. しかしそれでも, その形象における概念は, 依然として限られたもので, 完全なまま保たれ, 所有されることが可能で, その形象において言い表されうる.

象徴的表現は現象を理念に, その理念をひとつの形象に変える. そうなると, その形象における理念は, いつまでも無限に効力があり到達しがたいものであり続ける. それは, たとえあらゆることばで表現されても, やはり言い表しえないものであり続けるだろう.

＊　　　　＊　　　　＊

[ひとつのまとまりを成すふたつの箴言．1829 年「遍歴者たちの精神による考察」に掲載]

何かを認識するときに最も近くにあるものでは満足できない——これは人間に生まれつき備わっている悪い癖であり，人間の本性に解きがたく織り込まれていることである．しかし，われわれ自身が気づく現象はどれでも，その瞬間には最も近くにある．この現象のなかに力強く入り込めば，現象が自分自身を解き明かすことを要求できるはずである．

しかし，このことは学習されないだろう．なぜなら，このことが人々の本性に反しているからである．それゆえに，教養ある人びとであっても，ある場所でなんらかの真実を認識した場合に，それを単に最も近いものと関連づけるだけではなく，最も広範囲かつ最も遠くにあるものとも関連づける欲求を自分で抑えられない．そこから，間違いが次々と生じるのである．しかし，近くの現象が遠くの現象と関連性をもつのは，至るところで顕現する少数の偉大な法則にあらゆるものが関連しているという意味においてだけなのである．

＊　　　　＊　　　　＊

[ひとつのまとまりを成す 4 箴言．エッカーマン『ゲーテとの対話』1831 年 2 月 24 日に同様の記述がある．]

現象における理念を承認せよといわれた場合，われわれを非常に惑

わせることは，しばしば，そして日常的に，理念が感覚と相いれないことである．

コペルニクス*体系は，理解が困難だった上にいまなお日常的にわれわれの感覚に相いれない理念に基づいている．われわれは，認識も理解もしていないことは，ただオウム返しに繰り返すだけなのである．

*コペルニクス（Mikolaj Kopernik, 1473-1543）：ポーランドの天文学者．『天球の回転について』（1543）で地動説をとなえた．

植物の変態も同様にわれわれの感覚とは相いれないものである．

個々の事例において法則を認識する能力は，人間にはまれにしか与えられていない．しかし，何千という事例においてなら法則をいつでも認識するというのなら，個々のどの事例においてもまた法則を見いだすにちがいない．この長い回り道を省くのが，精神である．

13.

モ ナ ド
（Monas）

[ひとつのまとまりを成す 5 つの箴言. 1822 年「形態学論考」I. 4.
に掲載]

われわれが神と自然から授けられた最高のものは, 生命, すなわち
停止も休息も知らないモナド*の自転運動である. この生命をはぐく
み育てようとする衝動は, すべての人に生まれついた, 損なわれえ
ないものである. しかし, その特徴は, われわれにもほかの人たち
にも秘密であり続ける.

  ＊モナド：ゲーテは 1813 年 1 月 25 日のヴィーラント（Christoph Martin
  Wieland, 1733-1813）の葬儀に際して, ファルク（Johannes Daniel Falk,
  1768-1826）との会話で以下のように語っている.

    「わたしは全存在の最終の根源構成要素のさまざまな等級や序列を想定
    している. いわば, 自然の全現象の出発点だね. それをわたしは魂と名
    づけたいのだが, そこから発して広範囲に, すべてに魂が吹きこまれて
    いるのだ. もしくはこれをモナドと呼んだ方がいいかもしれない. わた
    したちはこのライプニッツの表現を使い続けようではないか. 最も単純
    な存在の単一性を表現するには, これよりも良い表現はないのだから
    ね.」

ヴィーラントは，1772 年にワイマルに皇太子の教育係として招聘され，1773
年から 1789 年まで雑誌 *Der teutsche Merkur* を主宰，この雑誌に掲載されて
後に一冊の本にまとめられた『アブデラ人物語』（1881）が代表作とされる．
ゲーテは若い日に，ヴィーラントの『ドン・シルヴィオ』（1764），『アガトン
物語』（1766-67）を愛読していたとされる．ファルクは，作家で社会活動家．
1797 年からワイマルに在住し，1813 年に自身の 4 人の子どもを流行病で亡く
して以後，身寄りのない子供のための教育に尽くした．

高みから作用する存在の第二の恩恵は，体験，知覚，活発でよく動
くモナドの外界の環境への介入，である．これらを通じて，モナド
は，内的には際限のないものとして，外的には制限されたものとし
て，はじめて自身を知覚することになる．この体験に関しては，も
ちろん素質や注意力，幸運もあずかっての話にはなるが，われわれ
自身の内部で明らかになる．しかし，このことは，ほかの人たちに
はやはり常に秘密のままなのである．

さて，第三に展開するのは，われわれが行為や行動，ことばや書物
として外界に向けるものである．これらは，われわれ自身のものと
いうよりも外界のものであり，これらについて理解できるのも，む
しろわれわれ自身よりも外界なのである．しかし，これらをかなり
明確にわかるために，外界は，われわれが体験したことからも可能
なかぎり多くを知る必要があると感じる．そのために，人はやはり，
青少年期の始まり，人間形成の段階，人生の個々の出来事，逸話や
その類いのものをしきりに知りたがるのである．

外部に向けられるこの作用には，すぐにある反作用*が続く．愛がわ
れわれを援助しようとするかもしれないし，憎しみがわれわれを妨

げるかもしれない．人間というものは所詮変わらず，人それぞれの
好感と反感があると感じざるをえないあらゆることも変わらないの
で，この葛藤は人生においてかなりの程度変わらないのである．

> ＊反作用：芸術に対する公衆の批評，批判とも解釈できる．芸術作品を，愛を
> もって受け入れる人もいれば，嫌悪の念を表明して芸術家の前に立ちはだ
> かる人もいる．

友人たちがわれわれと共に行うこと，われわれのために行うこと，
これはまた，自分が体得したことでもある．なぜなら，それはわれ
われの人格を強くし，啓発するものだからである．敵がわれわれに
対して企てることは，われわれは体得しない．われわれは単にそれ
を知り，拒絶し，厳寒，嵐，雨，霰 の天候，その他起こりうる外部
の災いに対するように，それから身を守るだけである．

第二部　テーマ別の箴言

1.

過去と現在

1-1. 過去と現在

われわれはみな, 過去によって生き, 過去がもとで破滅する.
(1823 年「芸術と古代」IV.2.)

年代記を書くのは, 現在を重要と思う人のみである.
(1826 年「芸術と古代」V.3.)

思考は再来し, 確信は波及するが, その状況は過ぎ去って二度と戻らない.
(1826 年「芸術と古代」V.3.)

人が口頭で述べることは, 現在に, この瞬間に必然的に捧げられる.
しかし, 人が書くことは, 遠くに, 将来に向けて捧げられることを
願う.
(1829 年 5 月 3 日付の野菜の注文書の裏側に記入)

現在の世界は, われわれがその為に何かをするに値しない. なぜなら, 現にある世界は, いまこの瞬間に消え去るかもしれないからだ.

過去と未来のために，われわれは働かなくてはならない．過去についてはその功績を承認し，未来についてはその価値を高めようと努力すること．

（日付のわからない遺稿より）

1-2. 若者と老人

若いかぎりは，間違いも許される．しかし，老人になるまで間違いを引きずったままというのはいただけない．

（1821 年「芸術と古代」Ⅲ. 1.）

日々の生活において，「一度に多くの仕事をすることは避けるべき，とくに，年をとればとるほど新しい仕事に手を出すのは減らすべき」と自分に言い聞かせることがよくある．しかし，言うは易しというが，自分や他人にあれこれ言うだけなら話は簡単だ．そもそも年をとるとは，新しい仕事の第一歩を踏み出すことである．つまり，すべての状況が変化するので，活動することをまったく止めるか，もしくは意志と自覚をもって新たな役割を引き受けるか，そのどちらかを選択しなくてはならないのである．

（1825 年「芸術と古代」V. 2.）

ひとは老人を寛大に扱う．子どもを寛大に扱うように．

（1826 年「芸術と古代」V. 3.）

老人は最も大きな人間の権利のひとつを失う．老人は自分と同等の人からは，もはや批判されなくなるのである．

（1826 年「芸術と古代」V. 3.）

年を重ねるにつれて，試練がいや増す．

(1829 年「マカーリエの文庫から」)

若いときに将来の良いことを楽しみに待っている人がいても，それ
は思い違いではない．ただ，そのとき心に予感を抱いていたように，
その成就をも自分の心のなかで追求しなくてはいけない．自分以外
に期待をかけるのではなく．

(1793 年：メモ帳より)

若いときにすぐに老年の長所に気づくこと，老年になっても若いと
きの長所を保っていること，このふたつは幸運にほかならない．

(1797 年 8 月から 9 月：スイス旅行のメモより)

最後に自分自身の抜粋執筆者*になるとは！　この境地に至っただけ
でもう十分に幸運である．

(1823 年：単独のメモより．以下のボワスレへの手紙から執筆年が推測されて
いる)

　*抜粋執筆者 (Epitomator)：1823 年 1 月 27 日付ボワスレ (Johann Sulpiz
　Melchior Dominikus Boisserée, 1783-1854) への手紙には，「最近，わたしは
　自分自身の抜粋執筆者になることを続けています．なぜなら，目の前の本
　から抜き書きするよりも，目の前にある人生から抜き書きするほうがある
　意味ずっと楽しいからです」とある．

国民というものは成熟できるのか，というのはおかしな質問だ．も
しも，すべての男性が三十歳で生まれるというのなら，わたしはそ
の通りと答えられるだろう．しかし，それはありえないので，若者

は生意気なままで永遠にかわらず，老人は無気力なままで永遠にかわらない．だからほんとうに成熟した男性は，つねに両者の板挟みになり，おかしな方法でなんとかその場を切り抜けるのに精一杯にならざるをえないだろう．

（日付のわからない遺稿より）

宗教は老人．
詩は若者の宗教．

（日付のわからない遺稿より）

葬られた人びとを羨ましく思わざるをえないとは，なんという時代だろうか．

（日付のわからない遺稿より）

学問において老人が遅れているとすれば，若者は後退している．老人は，進歩が以前からのかれらの理念と関係がないときに，進歩を否定する．若者は，理念を理解する力がないにもかかわらず並外れたことを成し遂げたいときに，進歩を否定する．

（日付のわからない遺稿より）

*　　　　*　　　　*

[ひとつのまとまりを成す4箴言．1827年頃：ジビレに関するツェルター宛の手紙から推測されている]

人の一生というものは，望むことを実行しないこと，
行うことを望んでいないこと，で成り立っている．

望むことを実行することはする価値がないか，それについて話すの
が不愉快なのかのどちらかである．

> （注）聖書の「ローマの信徒への手紙」7.「内在する罪の問題」からの影響が
> 指摘されているので，Wollen を「望むこと」，Vollbringen を「実行するこ
> と」と訳した．聖書のこの箇所には「わたしは肉の人であり，罪に売り渡さ
> れています．わたしは，自分のしていることが分かりません．」とある．（日
> 本聖書協会新共同訳 1999 の訳を使用）

歳月はジビレの本*と似ている．彼女の本を燃やせば燃やすほど，そ
の本は高価になる．

> *ジビレの本：ローマの伝説によると，クマエのジビレ（女予言者）は，タル
> クィニウス王(Lucius Tarquinius Superbus ?)に予言の書 9 巻を売ると言っ
> たが，王が値引きを口にするとまず 3 冊を燃やし，再度王が値引きを口にす
> るとさらに 3 冊を燃やし，最終的に残った 3 冊の本を，最初に提示した 9 冊
> 分の値段で売った，という．ジビレに関しては，ツェルター宛の手紙（1827
> 年 3 月 19 日）で，ゲーテは以下のように書いている．
>
> > 「わたしの身近な親しい人びとのグループは，一枚また一枚と人生の炎に
> > 焼きつくされて，空中に飛び散り，その際に残っているものが刻々とよ
> > り高い価値を与えられる，ジビレの予言書の合本のように思われるので
> > す．」

人生は夢であるというのは真ではない．
ばかげたやり方で休む者，
きわめて不手際なやり方で傷つける者，
そのような者だけにそう思われるのである．

* * *

[ひとつのまとまりを成す３つの箴言. 1828年頃か1829年前半：自
筆でまとまった形で書かれており，その他の文と一緒に一枚の紙に
記入されていた]

年をとったら，人はある一定の段階で意識的に立ち止まらなくては
ならない.

考えかたであれ，服装であれ，流行を追うのは老人にはふさわしく
ない.

しかし，自分がどこに立っているのか，そして他の人たちがどこへ
行くつもりなのかを，知っていなくてはならない.

* * *

[ひとつのまとまりを成すふたつ（またはひとつ）の箴言. 1828年夏
に作成された書記ヨハン・ヨーンによって集められた手稿集より]

人間の年齢層にはそれぞれ，ある種の哲学が答えを与える. こども
は存在論者とみなされる. なぜなら，こどもは自身の存在と同じく
らい，なしやりんごの存在をも確信しているからである. 若者は，
内的な情熱の嵐に襲われて，自分自身の存在に気がつき，自身に何
かが起こるのを感じとらざるをえない. 若者は，観念主義者に変え
られる. それに対して，壮年の男性が懐疑派になる理由にはこと欠
かない. 男性が，自身が目的のために選んだ手段が正しい手段であ

るかどうか，懐疑の気持ちをもつのは不思議ではない．行動の前に
も行動の最中にも，間違った選択をして将来悲しまなくてもいいよ
うに知性を働かせ続けざるをえない．

しかし，老人は，神秘的傾向を信じるとつねに表明するであろう．
かれには，非常に多くのことが偶然に左右されるように思えるので
ある．つまり，理性を欠いたことが成功し，理性的なことが失敗す
る．幸福と不幸が思いがけず同一になる．現在もそうだし，過去も
そうだったのである．かくして高齢層というものは，「今あるもの」，
「かつてあったもの」,「この先もあるであろうもの」のうちに平安を
見いだすのである．

1-3. 同時代性

[ひとつのまとまりを成す 8 箴言．1822 年「形態学論考」I.4. に
掲載]

だれとでも共に生きるという気にはなれないし，すべての人のため
に生きることもできない．このことをよく理解している者は，友人
たちを大いに評価するすべを知って，敵対者たちを憎んだりひどい
目に合わせたりすることもないだろう．いやむしろ，人にとって，
敵の長所に気づけることほど，たやすく大きな利益を得る道はほか
にないのである．このことは，その人に，敵に対する決定的な優位
を与えるのである．

歴史をひもとけば，至るところで，うまく折り合えそうな人物もい
れば，間違いなく衝突するに違いない人物もいるのがわかる．

しかしながら，最も重要なのは，同時代性である．なぜなら，同時代性は，われわれがそのなかに反映しているように，われわれのなかにも最も純粋に反映しているからである．

カトー*は，老年になって裁判所に訴えられた．そのとき，かれは弁明の演説において，共に生きてきた人びとの前でなければ弁明はできないと主として強調した．かれは完全に正しい．いかにして陪審員が，かれらに欠けている前提の下で判断を下せようか．いかにしてかれらが，かれらにとってもう大昔の話になっている動機について討議する気になれようか．

　*カトー（Marcus Porcius Cato Censorius, 前 234-前 149）：ローマ共和政の政治家で，通称が大カトー，曾孫が小カトー．ゲーテは，カルトヴァッサー（Johann Friedrich Salomon Kaltwasser, 1752-1813）翻訳による *Des Plutarchus von Chäroneia vergleichende Lebensbeschreibungen*（『カイロネイアのプルタルコスによる対比列伝』）を 1820 年 11 月 16 日にワイマルの宮廷図書館から借りている．プルタルコス（Plútarchos, 46?-120?）は，ギリシアの哲学者・著述家．伝記や倫理論集などを書いた．

だれでも，体得したことを尊重するすべを知っている．老年期にある，深くものを考える人は，だれよりもそうである．かれは，それをだれも奪うことはできないと，確信と喜びを持って感じている．

たとえば，わたしの自然研究は，体得したことの純粋な基盤の上にある．わたしが 1749 年に生まれたことを，（かなり読み飛ばしはしたのだが）エルクスレーベンの自然学初版を使って忠実に勉学を行ったことを，だれがわたしから奪えようか．そして，リヒテンベルク**の

傾注によって際限なく重ねられたその改訂版の増加を印刷中に真っ
先に目にしたわけではないが，進展中のあらゆる新発見をいちはや
く耳にして知ったことを．また，18 世紀後半から今日に至るまでの
偉大な発見の数々が，奇跡の星のごとくわたしの目の前で次々と空
に昇るのを，一歩また一歩と歩みを共にして追いながら見たことを．
そして，わたしが，注意深い継続的な努力を通じて，世界を驚愕さ
せる多くの偉大な発見そのものに，ぎりぎりまで迫ったので，それ
らの現象がいわばわたし自身の内面から突如現れて，その結果，残
りのあと数歩をはっきりと眼前を見たのだったと自覚するとき，こ
の密かな喜びをだれがわたしから奪えようか．その数歩を踏み出す
のをわたしはあの錯綜した研究においてあえてしなかったのだが．

　　＊エルクスレーベン（Johann Christian Polycarp Erxleben, 1744-1777）：ゲッ
　　　ティンゲン大学教授．『自然学基礎』（Anfangsgründe der Naturlehre）は
　　　1772 年に初版が出ている．

　　＊＊リヒテンベルク（Georg Christoph Lichtenberg, 1742-1799）：ゲッティン
　　　ゲン大学教授で文筆家でもあった．リヒテンベルクの邦訳には宮田眞治訳
　　　『リヒテンベルクの雑記帳』作品社などがある．なお，本書ではこの『リヒ
　　　テンベルクの雑記帳』の概説にしたがって，Naturlehre は「自然学」，
　　　Physik は明らかに近代的な意味での物理学とみなせる場合のほかは
　　　「自然学」としている．

　　＊＊＊その改訂版：『自然学基礎』1772 年第一版は 648 頁．1777 年第二版は
　　　632 頁．エルクスレーベン亡きあと，リヒテンベルクによって増補改訂がな
　　　され，第六版（1794 年）まで出版されている．1784 年第三版は 727 頁．
　　　1787 年四版は 710 頁．1791 年第五版は 755 頁．1794 年第六版は 773 頁．

熱気球の発見を目の当たりに体験した者は，次のことを証言するで

あろう．いかなる世界的な感動がそこから生じたのか，その飛行士たちにいかなる関心が寄せられたのか，長いあいだ予期され，予言され，つねに信じられたり疑われたりした，危険な飛行に参加したいという，いかなる憧れが何千という心にほとばしったのか．いかに目新しく仰々しく，幸運な試みのひとつひとつが新聞を満たし，日報や銅版画に新しい材料を与えたのか，この試みの不運なる犠牲者たちに，人びとがいかに思いやりのある関心を寄せたのか．これらのことは，三十年前に勃発したきわめて重大な戦争に活発な興味を抱くことがないのと同じく，記憶の中であっても再現することが不可能である．

*熱気球の発見：1783 年 6 月 5 日，フランスのモンゴルフィエ兄弟（Joseph-Michel Montgolfier, 1740-1810 ／ Jacques-Étienne Montgolfier, 1745-1799）が熱気球を飛ばすことに成功した．兄弟は最初の有人飛行も，1783 年 11 月 21 日に成功させている．

最も美しい輪廻は，われわれがほかの人のなかに再び現れるのを見るときのものである．

1-4. 若者への忠告

[ひとつのまとまりを成す 7 箴言．1825 年 11 月 25 日 G. H. L. ニコロヴィウス*宛書簡のために書き留められたが，赤字で消されており，ゲーテの自筆で「赤で消された部分は，一般的な使用のために残しておく」とある．1829 年「遍歴者たちの精神による考察」に掲載]

*G. H. L. ニコロヴィウス（Georg Heinrich Ludwig Nicolovius, 1767-1839）：プロイセンの政治家で主に教育行政に尽力した．

ときおり，非の打ちどころがない立派な若者[*]に出会うことがある．ただわたしの気がかりは，時流に乗って泳ぐのがうまく見える人が少なくないことだ．この点でわたしがつねに注意をうながしたいのは，危うい小舟に乗っている人間の手に舵が与えられているのは，波に乗って進むためではなく，自分の見識に基づく意志に従って結果を出すためだ，ということだ．

> [*]非の打ちどころがない立派な若者：G. H. L. ニコロヴィウスの息子のアルフレート・ニコロヴィウス（Alfred Nicolovius, 1806-1890）を指すと推測されている．アルフレート・ニコロヴィウスはゲーテの妹の孫にあたり，1825年の8月から11月までワイマルに滞在している．1829年に『ゲーテに関して．文学的，芸術的報告』を出版している．

とはいえ，だれもが行い，正しいと考え，奨励するものを，非難すべき有害なものとみなすことに，はたしてどうやって若者が自分ひとりの力で至れというのか．なぜ，自分と自分の気性のおもむくままに流されてはいけないといえるのか．

何ものも成熟させないというわれわれの時代，その最大の不幸は，人が次の瞬間には前の瞬間に起きたことを食べ尽くしてしまい，その日その日を無意味に過ごし，なんの成果もなく，つねにその日暮らしをしていることである．われわれにはもうすでに一日の時間区分すべての新聞[*]があるではないか．優れた頭脳ならば，あとひとつやふたつの時間区分をそれに加えられることだろう．このことによって，各人が行い，活動し，考え出すこと全部が，いやそれどころか各人が計画すること全部が，公の場に引きずり出される．他人の暇つぶしのため以外には，だれも喜んだり悲しんだりしてはなら

ないのである．かくて，家から家へ，町から町へ，帝国から帝国へ，
果ては大陸から大陸へと，速達便が飛びまわるのである．

> *一日の時間区分すべての新聞：当時のドイツの新聞の名前には，時間区分を
> 表す単語が付けられていた．たとえば，Morgenblatt（朝新聞），Mittagblatt
> （正午新聞）Abendzeitung（夕方新聞），Mitternachtblatt（真夜中新聞）など
> があった．

いまや蒸気機関の火を消せないように，道徳においても抑えられな
いことが多い．商取引の活発さ，紙幣の勢いある流通，借金を払う
ための借金の増大，これらすべては，現在若者がさらされている恐
ろしい要素である．世間に過度の要求をせず，世間からも制限され
ないような，節度ある穏やかな性質に生まれつき恵まれている者は，
幸いである．

しかし，どの領域においても，若者を時代精神が脅かす．若者が意
志をもって進むべき方向に，できるかぎり早く注意を向けさせるこ
とが，何よりも必要である．

きわめて罪のない話や行動の重要性は，年を経るにつれて増してく
る．長く身近にいる人に対しては，つねに次のことに注意を喚起す
るようつとめている．それは，率直，信頼，無遠慮にいかなる差異
があるのかということである．いや，もっと言えば，もともとその
差異は存在せず，まったく他意のない状態からきわめて有害な状態
へのかすかな移行があるのみである．不可欠なのは，その移行に気
づくこと，より正確にいえば，その移行に敏感であることである．

この点においてわれわれは鋭敏な感覚を養わなくてはならない．さもないと，せっかく人びとの好意を得ようとしても，その途中で，思いがけずそれを失ってしまう危険を冒すことになる．これは，生きているうちに自然とわかってくることだが，それはあくまで高い授業料を払ったあとの話である．この授業料は，残念ながら，あとから来る人たちのために省いてあげられないものである．

2.

政 治 と 法 律

2-1. ナポレオンとハーマン

[ひとつのまとまりを成す 5 箴言. 1825 年「芸術と古代」V. 2. に掲載]

理念に生きるとは，不可能なことを可能であるかのように取り扱うことである．あの人物の気性には，同質のものがある．両者が一致すれば，世界が何千年も驚愕から立ち直れないような出来事が生じることになる.

> *あの人物：ナポレオン (Napoléon Bonaparte, 1769-1821) を指す. ゲーテは，1808 年 10 月 2 日にナポレオンに謁見し, 14 日にはレジオン・ドヌール勲章を授与されている.

ナポレオンは完全に理念に生きた人だったが，意識的には理念を捉えられなかった．つまり，かれは理念的なものすべてを熱心に実現しようと求めながらも，一方ではそれをあらゆる点で否定し，そのいかなる実現性をも否定する．このような絶え間のない内面の矛盾に，かれの明晰で何ものにも惑わされない知性は耐えられない．そ

こでいわば余儀なく，かれ特有の優雅なやり方でこの件について述べることになる．このときのかれのことばは，きわめて重要である．

かれは，理念を，たしかに実体はないがそれが消え去るときにその実体性を完全には否定できない残滓（カプト・モルトゥム*）を残す，精神的存在とみなしている．もしこの残滓が硬く十分な物質性を持ってわれわれの目にも見えるとすれば，かれがその人生と行動の不可避の帰結について，確信と信頼をもって友人たちと歓談するとき，かれは胸中を違った形で吐露するであろう．そのときかれはおそらく，生が活発なエネルギーを生み出し，その完全な結実が後世にずっと影響を与え続けるのだと，喜んで告白してくれるだろう．かれは，自分が世界の歩みに新鮮な刺激と，新たな方向性を与えたのだと，得々と述べることだろう．

　*カプト・モルトゥム：蒸留で生じた残滓．ラテン語で「死人の頭」の意．

強く心に留めておくべきことは，つねに，その人となりがほぼすべて理念的である人間は，空想的なことに対してきわめて臆病であるということだ．たとえば，ハーマン*はそうであった．かれは，別世界の事物について話されると，それを耐えがたく思った．このことについて，かれは，折に触れて短い文章の形で述べた．しかし，なかなか表現しがたいものがあったので，かれは 14 回も違った書き方でそれを表現し，なおかつ容易に満足することができなかった．これらの試みのうちのふたつが，われわれに残されている．ここに，われわれは 3 つめの試みをあえて自ら書き印刷させることとした．上記のことから書かれたのは，以下になる．

　*ハーマン（Johann Georg Hamann, 1730-1788）：ドイツの哲学者．啓蒙主義

の合理性に対して，感情，体験の持つ創造力を重視した．

人間というものは，現実では，現実世界のただ中に置かれて，現実的なこと並びに可能なことを認識し生み出せる認識の方法を授けられている．健全な人間はすべて，かれら自身の存在とかれらの周囲に存在しているものについての確信を持っている．しかし，脳の中には，うつろな場所がある．つまり，そこは，眼に盲点があるのと似て，なんの対象も映らない場所である．人間がこの場所に特に注意を払うことをすると，その中に沈み込むことになる．そうなると，精神的な病に陥り，別世界の事物を予感するようになってしまう．その事物は，じつは事物ではないものであり，形も限界も持たない．そればかりか，それは，夜の広がりとして不安をもたらし，そこから身を振り離さない者に幽鬼よりも不気味につきまとうのである．

2-2. 専制政治，革命，統治

リシュリュー枢機卿の道理をわきまえない専横的な行為によって，コルネイユは自分を見失った．
(1821 年「芸術と古代」Ⅲ. 1.)

（注）ゲーテの自伝『詩と真実』第 3 章によると，1759 年の 1 月 2 日にゲーテの生誕地フランクフルトはフランス軍に占領された．少年であったゲーテは，フランス軍と共にやってきたフランス劇場に連日通い，フランスの古典演劇を原語で体験することになった．このとき，コルネイユ（Pierre Corneille, 1606-1684）の『ル・シッド』論争を知り，リシュリュー枢機卿（Armand Jean du Plessis de Richelieu, 1585-1642）が，1636 年に政治的圧力をアカデミー・フランセーズに加えてこの作品を弾劾させたことを知った．

断頭台上でロラン夫人は，最後の道で浮かんだまったく特別な考え
を書き留めるために，筆記用具を求めた．彼女にそれが許されな
かったのは，残念なことだった．なぜなら，人生の終わりに際して，
覚悟の決まった精神には，それまでは考えられなかった思考が浮か
ぶのであるから．その思考は，過去の頂点に向かって輝きながら下
る，至福のデーモンに似ている．
(1825 年「芸術と古代」V. 2.)

> *ロラン夫人 (Manon Roland, 1754-1793)：フランス革命のジロンド派主要メ
> ンバーのひとり．パリのロラン夫人のサロンは，ジロンド派の主たる会合
> 場所だった．1793 年 11 月 8 日に死刑判決を受け，即日処刑された．ゲーテ
> は，『滞仏陣中記』(1822) 執筆準備として彼女の回想録を 1820 年 2 月 14 日
> にワイマル図書館から借りている．

人間には人に仕えたいという気持ちもまたある．それゆえにフラン
ス人の騎士道はよく尽くすこと．
(1826 年「芸術と古代」V. 3.)

独裁政治というものは，上から下まで個人に責任を要求し，きわめ
て高度な活動を引き起こすことによって，ひとりひとりの独裁政治
を促すものだ．
(1810 年 3 月 23 日に書かれた．1826 年「芸術と古代」V. 3. に掲載)

> *独裁政治 (die Autokratie)：この箇所の「独裁政治」は，個人が自己責任を
> もって決定を下して行動することと肯定的に解釈できる．この箴言は，ナ
> ポレオンの独裁政治に関するものと推測されている．

古いもの，今あるもの，あくまで変わらないものと，発展，形成，

改造との戦いは，つねに同じである．あらゆる秩序から，結局は些末なことへのこだわりが生じる．このペダントリーを厄介払いするために，人は秩序を壊してしまうのである．そして再び秩序を取り戻さなくてはならないと気づくまでに，しばらく時間がかかる．古典主義とロマン主義，同職組合の束縛と商売の自由，地所の保持と分散，これらのものは，つねに同じような紛争であり，この紛争は最終的には新たな火種を生み出す．それゆえに，統治する者の最大の知力は，一方だけが敗北しないようにバランスを取って，この戦いを抑えることだろう．とはいえ，この力は人間には与えられておらず，神もまたそれを欲していないように思われる．

(1826 年「芸術と古代」V.3.)

いかなる統治が最上なのか．われわれに，自分自身を統治することを教える統治である．

(1826 年「芸術と古代」V.3.)

王者の威厳とは，褒美や罰を気にせずに，正しかろうが正しくなかろうが，行動できることである．

(1790 年：同年 7 月 26 日から 10 月 6 日まで主君カール・アウグスト（Carl August, Großherzog von Sachsen-Weimar-Eisenach, 1757-1828）のプロイセン軍従軍に伴いシュレージエンへ赴いたときのノートに記入されていた）

空想された平等——それは，不平等を示す手っ取り早い方法である．

(1793 年：メモ帳より．1793 年 5 月 12 日から 8 月 22 日まで主君カール・アウグストのプロイセン軍従軍に伴いマインツ攻防戦に参加している)

支配と享受は両立しない．享受するとは，心楽しく自分ともほかの

人とも結ばれていること．支配するとは，自分にもほかの人にも最もまじめな意味でよい行いをなすこと．
(1820 年頃：『ヴィルヘルム・マイスターの遍歴時代』のためにメモされた)

あらゆる革命は自然状態，無法で恥知らずな状態へと向かう．（ピカルディ派，再洗礼派，サン・キュロット*）
(1821 年, 22 年：Zachriaus Teobald：*Hussitenkrieg*（1609）からの抜粋と関連して書かれたメモ)

　*ピカルディ派，再洗礼派，サン・キュロット：ピカルディ派は，かつてフランス北部にあった地域ピカルディから，15 世紀前半頃にボヘミアのターボルへ移住したフス派の一派を指す．再洗礼派は，16 世紀に誕生したプロテスタントの宗派．なにもわからない幼児の時に受けた洗礼は無自覚であったので，大人になってから信仰告白をして再び洗礼を受けるべきであるとした．サン・キュロットは 1789 年のフランス革命を戦った民衆たちを指す．

革命の前は，すべてが努力だった．その後で，すべてが要求に変わった．
(1830 年 4 月：手紙の下書きが書かれた紙に自筆でメモ)

いかなる国であっても，軍備を整えて防御の体制をとっている状況は，維持できない．
(1830 年 10 月頃：メモ帳へ自筆で記入)

権威は，それなくしては人間が存在しえないものである．かといって，権威は真理も伴うが，間違いも伴う．権威は，それぞれ消えるべきものを個々に永続的なものとし，保持されるべきものを否定し

消滅させる．つまり，人類が進歩しない主たる原因なのである．

（1830 年の年末から 1831 年初頭：エッカーマンの手による筆記）

正義とは，ドイツ人本来の性質であり幻影である．

（日付のわからない遺稿より）

支配することを学ぶのはたやすい，統治することを学ぶのは難しい．

（日付のわからない遺稿より）

専制政治が廃止されるとすぐに，時をおかずして貴族主義と民主主義の摩擦が始まる．

（日付のわからない遺稿より）

2-3. 平等か自由か

[ひとつのまとまりを成す 7 箴言．1794 年 4 月：自筆で全紙に記入]

人はだれもが特権を持っていると感じている．
この感情に異議を唱えるのは
　1. 本性の必然性*
　2. 社会

* 本性の必然性 (Naturnotwendigkeit)：ゲーテ辞書には「人間の性格，本性から生じる制約」とある．

1. の件：人は，本性の必然性から逃れられず，それを避けることができず，そこからなにも勝ち取ることができない．ただ養生訓を通

じて従うしかなく，本性の必然性に先んじることもできない．

2．の件：人は社会から逃れられず，それを避けることもできない．
しかし，人が特権感情を断念するならば，社会がその利益を共有さ
せてくれるという戦利品を得ることができる．

社会の最高の目的は，その利益の結果を各人に保証することである．
理性的な個人ならだれでもその結果のために多くを犠牲にしている．
言うまでもなく社会も同様である．この結果の実現のためには，そ
の構成員たちの一時的利益はほぼ無となる．

社会においてはすべての人が平等だ．いかなる社会も平等という概
念なしには築かれえない．しかし，社会は，けっして自由という概
念を基盤には築かれてはいない．わたしは社会において平等を見い
だすことを欲する．一方，自由，すなわち，わたしは社会に従属し
てもよいという道徳的自由は，わたしが社会にもたらすものである．

わたしが足を踏み入れる社会は，したがって，「君はわれわれ全員と
平等である」とわたしに言わなくてはならない．一方，社会がこれ
に付け加えられるのはただ，「われわれは君もまた自由であれと望
んでいる」，すなわち「われわれは，君が理性的な自由意志から，確
信をもって君の特権を手放すのを望む」ということである．

立法者であれ革命家であれ，平等と自由を同時に約束する者は，夢
想家かいかさま師である．

＊　　　　　＊　　　　　＊

[ひとつのまとまりを成す5箴言．1823年「芸術と古代」Ⅳ.2.に掲載]

自由主義的な作家は今，有利なゲームをしている．読者はみなかれらの代理人である．

自由主義的な理念などとだれかが言うのを聞くたび，いつもわたしはいぶかしくおもう．どうして人は，空虚なことばの響きに釣られがちなのだろうか．理念というものは，自由主義であってはならない．生産的であれという神から与えられた使命を果たすためには，理念は力強く，有能で，自己完結していてほしい．概念が自由主義というのはもっとよくない．なぜなら，概念というものは，まったく別の使命を持っているからである．

自由主義的な考え方を求めるべき場所は，心の持ち方のなかである．そして，これらは，生き生きとした心情なのである．

しかし，心の持ち方は，その人物から，その人物の身近な関係から，その人物に必要なものごとから直接的に生じるので，自由主義的であることは滅多にない．

さてこれで終わりとしよう．あとは，これらの基準に，日々耳にすることを当てはめて考えてみてほしい．

2-4. 新聞と時代精神

[ひとつのまとまりを成すふたつの箴言．リーマーによる筆記と

エッカーマンによる筆記のふたつがある]

君主の側から新聞に発表されるものは，読んでも面白くない．なぜ
なら，権力というものがなすべきなのは行動であり，語ることでは
ないからである．自由主義者が述べるものは，つねに読ませる．な
ぜなら，権力を持たない者は，行動はできないので，少なくとも饒
舌に意見を述べるからである．「金さえ払うというのなら，あの者
たちには好きに歌わせておけ」というのは，新税批判の戯れ歌が世
に出回ったときのマザラン*のことばである．

> *マザラン（Jules Mazarin/Giulio Mazarini, 1602-1661）：マザランはイタリア
> 生まれのカトリックの聖職者で，1639 年にフランス国王ルイ 13 世（Louis
> XIII, 1601-1643）に招聘されフランスに帰化，1641 年より枢機卿．功績と
> しては，三十年戦争を終結させた 1648 年のウェストファリア条約締結，
> 1648 年から 1653 年にかけてのフロンドの乱鎮圧，1659 年の対スペイン講
> 和のピレネー条約締結がある．

新聞を何カ月も読まずに，その後でまとめ読みをすると，この紙切
れでどんなに時間を無駄にしているのかが，はじめてわかる．昨今
とくに目立つことだが，世の中は，あいかわらず党派に分かれたま
まだ．そして，不透明な状況であればつねに，新聞の書き手は，あ
れやこれやのグループを多かれ少なかれ手なずけて，日ごと，その
中の好悪の感情をあおっている．結果，最終的な決定が下されると，
その出来事は，神でも見たかのような驚きをもって受けとめられる
ことになる．

2-5. 法律

偽りを弁護しようとする者が，静かな態度を取り，上品な礼儀作法をよしとするのは至極当然である．しかし，自身の側に正義があると感じる者は，不作法に振る舞わざるをえない．礼儀正しい正義などというものは，まったくありえないのである．

（1830 年 7 月：封筒に書かれた自筆のメモ）

絶望する者には人はすべてを許すし，貧窮する者にはどんな生業^{なりわい}も認める．

（日付のわからない遺稿より．『ファウスト』第二部 5800 行に「法の力は強いが，もっと強いのは貧困だ」ということばがある）

*   *   *

[ひとつのまとまりを成すふたつの箴言．1829 年「遍歴者たちの精神による考察」に掲載]

ふたつの平和的な力がある．それは，法と礼儀作法である．

法は罪への責任を，警察はしかるべき振る舞いを求める．法は，慎重に考量し決定的であり，警察は全体を見渡し命令的である．法は個人に，警察は全体に関係する．

*   *   *

[ひとつのまとまりを成す 5 箴言．おそらく 1796 年 1 月に自筆で書

かれた原稿が残っている．1829 年「マカーリエの文庫から」に掲載]

われわれのことばにおいて，たとえば子供（Kind）に対する子供性
（Kindheit）のように，民衆（Volk）に対しては民衆性（Volkheit）といっ
たことばが必要である．教育者は，子供ではなく子供性に耳を傾け
るべきである．立法者である君主は，民衆ではなく民衆性に耳を傾
けるべきである．後者は，つねに不変であり，理性的，安定的，純
粋，真である．前者は，求めるあまり，自分が何を欲しているのか
けっしてわからない．この意味において，法律は，民衆性の一般的
に表明された意志であるべきであり，そうありうる．この意志とは，
民衆は一度も口にしたことがないが，知性的な者はそれを聞きとっ
ている意志，理性的な者はそれを満足させるすべを知っている意志，
善き人はそれを喜んで満足させる意志である．

> ＊子供性（Kindheit）：ここでは「幼年時代，幼いころ」ではなく，子供一般に
> 見られる共通の性質・傾向．民衆性（Volkheit）は当時の新語で，やはり民
> 衆一般に見られる共通の性質・傾向を意味する．

われわれは，自分たちが統治に関するいかなる権利を持っているの
か問うたりはしない．われわれは粛々と統治している．民衆がわれ
われを引きずり下ろす権利を持っているのか否か，それに関しても
われわれは意に介さない．われわれは，かれらがそんな気にならな
いように用心するのみである．

死というものを廃止できるのなら，万々歳だ．しかし，死刑を廃止
するのは，長続きしないだろう．たとえそうなっても，われわれは
折りをみて死刑を復活させることになる．

社会が死刑を命ずる法を廃止しても，自力救済がすぐさま現れる．つまり，血の復讐が扉を叩くのである．

すべての法律は，老人と男性によって作られている．若者と女性は例外を求めるが，老人は規則を求める．

*　　　　*　　　　*

[ひとつのまとまりを成すふたつの箴言．1813 年か 1814 年に作成された書記カール・ヨーン*による筆記帳より]

> *カール・ヨーン（Ernst Carl Christian John, 1788-1856）：1812 年から 1814
> 年までゲーテの秘書を務めた．美しい筆跡で知られる．1814 年にプロイセ
> ンの国家公務員となり，1831 年に検閲官長となり，1836 年から 1848 年まで
> 「若きドイツ」の詩人たち（文学の政治参加を喧伝したグループ）の作品を
> 対象とした検閲官として働く．

不正が不正な方法で排除されるよりは，不正が行われるほうがましである．

ネロであっても，ガルバ，オト，ウィテリウス*の統治が続いた，わたしが空位時代と呼ぶあの 4 年間に，つまりネロ本人が殺害された後に世に生じた災いほどひどいことをなしえなかったであろう．

> *ガルバ，オト，ウィテリウス：ガルバ（Servius Sulpicius Galba, 前 3 −後 69）
> は各地に起きた反乱に乗じて自ら皇帝を宣し，元老院を動かしてローマ皇
> 帝ネロ（Nero Claudius Caesar, 37-68）に死刑を宣告した．ネロは自死．ガ
> ルバは，元ネロの側近でガルバの乱に加担したオト（Marcus Salvius Otho,

32-69）に倒され，オトは，ウィテリウス（Aulus Vitellius, 15-69）に倒され
た．ウィテリウスもまた，ウェスパシアヌス（Titus Flavius Vespasianus,
9 -79）に殺害された．ネロは悪政をしいたのみではなく，母を殺害，妻や
哲学者セネカ（Lucius Annaeus Seneca, 前 4 ？ -後 65）を死に追いやり，初
代ローマ教皇ペトロを迫害，処刑，元老院議員の多くに処刑の命を下すなど，
稀代の暴君とされる．

**[ひとつのまとまりを成すふたつの箴言．おそらく 1821 年 10 月か
11 月に書記ヨハン・ヨーンによって筆記]**

この世に法律がないよりは，君が不当な仕打ちにあうほうがましで
ある．だからだれであっても法律には従わんことを．

すべての法律は，世のなりゆき，人生のなりゆきにおいて道徳的世
界秩序という意図に近づく試みである．

3.

学 問 と 教 育

3-1. 究めがたいこと

卓越しているものは，底を究めがたい．まずしようと思うことから
始めるのがよい．
（1823年「芸術と古代」Ⅳ.2.）

対立するふたつの意見の中間に，真理があると言われるが，けっし
てそうではない．中間にあるのは，問題だ．そこでは，目に見え
ないもの，永遠に活動する生が，じっくりと考えられているのである．
（1829年「遍歴者たちの精神による考察」の最後に置かれた箴言）

　（注）『ヴィルヘルム・マイスターの遍歴時代』第2巻9章には以下のヴィルヘ
　　　ルムとモンターンの対話がある．

　　　「しかし，非常に多くの矛盾する意見があり，真実はその中間にあるとよ
　　　く言われるではないか」とヴィルヘルムは言った．「それは違うね．中間
　　　には問題が横たわっているのだ．それは究めがたいかもしれないが，そ
　　　れに取りかかれば，到達可能かもしれないものだ」とモンターンは答えた．

望ましいものすべてに手が届くわけではない．認識する価値のある

ものすべてを認識できるわけではない.

(1829 年 4 月：手紙の下書きが書かれた全紙に自筆で記入)

(学問において) 要求されるものすべてがあまりにも大きいので, まっ
たく成果があがらないのは納得できる.

(日付のわからない遺稿より)

　＊　　　　＊　　　　＊

[ひとつのまとまりを成すふたつの箴言. 1829 年「遍歴者たちの精
神による考察」に掲載]

人間は, 理解しがたいことも理解できると信じつづけなくてはなら
ない. そうでなければ, 研究など成り立たないだろう.

理解できるのはなんらかの方法で応用されうる特殊な各事例である.
この方法で, 理解できないことが役立つようになる可能性がある.

　＊　　　　＊　　　　＊

[ひとつのまとまりを成すふたつの箴言. 1829 年 4 月：紙の裏に
ゲーテの自筆で記入. 2 番目の箴言には, プルタルコス『モラリア』
の箴言からの影響が指摘されている]

経験において前進すればするほど, 究めがたいものに近づく. 経験
を利用するすべを知れば知るほど, 究めがたいものが実用的利益を
持たないことがわかる.

考える人間の最も美しい幸福は，究められることを究めたことであり，究めがたいことを静かに敬うことである．

3-2. 学問と公共の利益

学術アカデミーについて，実生活への現代的な関わりが足りないという非難がなされる．しかし，アカデミー自体が悪いのではなく，そもそも，学問を取り扱う方法に問題があるのである．

(1822 年「形態学論考」I.4.)

無用なことはなにも教えないとしたら，どうやってその分野の大家（マイスター）として優れた能力を示せるというのか．

(1829 年「遍歴者たちの精神による考察」)

*　　　　*　　　　*

[ひとつのまとまりを成す 14 箴言．1829 年「マカーリエの文庫から」に掲載]

一般的にみて学問は，つねに実生活から遠ざかるものであり，そこにまた戻るには回り道をするしかないものである．

なぜなら，本来，学問は実生活の要約（コンペンディウム）なのだ．学問は，外的，内的経験を普遍化し，ひとつの連関へまとめるものである．

学問への興味というものは，基本的には，特殊な世界，つまり学問の世界においてのみ呼び起こされるものだ．なぜなら，近年よくあ

るように，そのほかの世界を学問に目覚めさせ，学問に注目させたところで，それは濫用であり利益よりも不利益をもたらすからである．

より高度な実践を通じてのみ，学問は外の世界に対して働きかけるべきだ．なぜなら，本来，学問はすべて門外不出であり，なんらかの具体的行為を改善することを通じてのみ，一般に公開されうるものだ．そうでない関与はすべて結果として無となるのである．

学問というものは，学問の内部領域で観察してもそうなのだが，その時々の瞬間的興味で取り扱われている．とりわけ前代未聞の新奇なことの強い刺激，またはすくなくとも強力に促進されたことの強い刺激など，なんらかの強い刺激が一般的な関心を呼び起こす．それは，長年に渡って継続する可能性があり，特に近年においては，非常に実り多いことになっている．

ひとつの重要な事実，ひとつの天才的_閃アペルシュ_きが，非常に多くの人たちの関心を引く．かれらの目的は，最初はただ知ること，次は認識すること，次は手を加えてさらに先へ続けることである．

大勢の人が，新しい重要な現象が起きるたびに，それは何の役に立つのかとたずねる．かれらは間違ってはいない．なぜなら，かれらは有益性を通じてのみものごとの価値に気付くのだから．

真の賢人であれば，役に立つかどうかを気にせず，つまり既知のものや実生活に必要なものへの応用を気にせず，そのことがそれ自身のうちで，さらに他のことがらに対して，どのような状態にあるのかを，問いかける．応用については，まったくほかの精神の人びと

が，つまり，頭脳明晰で，陽気で，技術に熟達，熟練した人びとが
ちゃんと見いだしてくれるのである．

偽りの賢人は，あらゆる新発見から可能なかぎり早く何らかの利益
を引き出そうとする．かれらは，増殖，増加，改善，素早い入手，
場合によっては先取りさえ行って虚名を得ようとし，この未熟さか
ら真の学問を信頼のおけないものとして混乱させ，それどころか真
の学問の最も美しい結果，つまりその実用的開花すら公然と妨げる
のである．

最も有害な偏見は，ある種の自然研究は破門されうるという考えで
ある．

どの学者もあらゆる点で自らを陪審に選任された者とみなす必要が
ある．注意すべきは，その陳述がどの程度まで十全であり，また明
確な証拠によって説明されているのか，という点のみでよい．これ
に従って，自らの確信をまとめて，票を投じるのだ．その際，その
意見が報告者の意見と一致しているかどうかは重要ではない．

その際に，学者は，多数の賛同を得ようと，少数派に位置しようと，
どちらであっても冷静であり続ける．なぜなら，かれは，ただ自身
が為すべきことを為し，信念を述べたのであり，人びとの精神も心
も自由にできる力はもっていないのだから．

しかし，学問の世界では，この心の持ち方^{ゲズィヌンゲン}が是認されようとする気
配はまったくなかった．あらゆる点で，支配，占有ばかりが目指さ
れている．そもそも自立している人間が非常に少ないので，大勢が

ひとりひとりを後ろに引きずっている状態なのである.

哲学, 学問, 宗教の歴史のすべてが示しているのは, さまざまな意見が大量に広がっているにせよ, より理解しやすい意見, つまり下劣な状態にある人間精神に相応な, 都合のよい説がつねに優位を勝ち取ることである. それどころか, より高度な意味で自己形成した者ほど, 多数派の反対をつねに覚悟せねばならないのである.

3-3. 道徳教育

[ひとつのまとまりを成す 3 つの箴言. 1812 年 3 月から同年 12 月の間:書記カール・ヨーンに口述筆記. 『詩と真実』16 巻ユング=シュティリング[*]に関する記述の草稿として書かれた]

> *ユング=シュティリング (Johann Heinrich Jung-Stilling, 1740-1817):眼科医, 敬虔主義者, 作家. ゲーテがシュトラースブルクの大学生だった頃, 医学生として同地で学んでいた. 1777 年の自伝第 1 巻『ハインリッヒ・シュティリングの青少年期』出版に際してはゲーテが力を貸している.

道徳的人間形成とは, 人間が行いうることの中で最も簡単なことである.

その欲求は人間に生まれつきのものであり, 生きることへの愛と人知によって育てられる.

しかし, 道徳教育をあまりにも窮屈に厳密に捉えてはならない. さもないとやり切れないことになってしまう.

4.

キ リ ス ト 教

4-1. キリスト教

（注）ゲーテの両親の宗教はプロテスタントであり，母方の祖先をたどるとル
　　ターの友人であった画家ルーカス・クラナッハ（父）（Lucas Cranach der
　　Ältere, 1472-1553）の名前に行きつく．ゲーテは生涯プロテスタントにと
　　どまり，改宗はしなかった．また，ゲーテの母親は，ヘルンフート兄弟団（モ
　　ラヴィア兄弟団）のサークルにも出入りをしていた．ヘルンフート兄弟団は，
　　15 世紀にボヘミア東部に設立されたモラヴィア教会（フスの流れを汲むプ
　　ロテスタント教会）にその根をもっている．

真の宗教はふたつしかない．ひとつは，われわれの内面や周囲に存
在する神聖なるものを，無形式で承認して崇拝する宗教であり，も
うひとつは，それを最も美しい形式で承認して崇拝する宗教である．
このふたつの間にあるものはすべて偶像崇拝である．
（1829 年「マカーリエの文庫から」）

「自然は神を隠している*」．しかし，だれにでも，というわけではな
い．

(1811 年：紙が貼られたトランプのカードに自筆で記入)

 *「自然は神を隠している」：ヤコービ（Friedrich Heinrich Jacobi, 1743-1819）
　　の『神聖なる事物とその啓示』(1811) からゲーテが書き写したことば．ゲー
　　テは『年・日誌』(1811) にこのことばに関して「自然のなかに神を，神のな
　　かに自然を見ることを揺るぐことなく教え，この考え方をわたしの全存在
　　の基盤とした」のは「わたしの純粋で深い生まれつきの，かつ熟練したもの
　　の見方」であると書いている．ヤコービについてはかつてその心を讃え愛
　　した「きわめて高貴な人」と書き，神の概念についての考え方の違いで関係
　　が疎遠になることを憂えている．そして，非常に不愉快な気分になったので，
　　このあと何週間もスピノザ（Baruch de Spinoza, 1632-1677）の『倫理学』を
　　読んで楽しみ，すでに読んでいたことが新たに別の面を持って立ち上がり
　　新鮮な気持ちになるのを知った，という意のことを書いている．

われわれは自然を研究するときは汎神論者，詩を書くときは多神論
者，道徳的には一神論者である．
(1813 年 1 月 13 日ヤコービ宛手紙に同様の記載がある)

 （注）このヤコービ宛の手紙には「わたしの存在の多様な方向性ゆえに，ひと
　　つの考え方ではわたしには十分ではないのだ．詩人，芸術家としては，わた
　　しは多神論者である．これに対して，自然研究者としては汎神論者であり，
　　どちらの立場も断固たるものである．道徳的な人間としてのわたしの人格
　　にとって，唯一神が必要であるというのなら，それはもうすでに果たされて
　　いる」と書かれている．

良いことばが良い場所を見いだすとすれば，信心深いことばはさら
に良い場所をかならず見いだすはずだ．
(フォン・シュレーゲル管区指導官の名刺に書記カール・ヨーンの筆跡で記入さ

れていた. 1812 年から 1814 年の間に書かれたと推測される.)

被造物はとても弱い. 何かを求めても, それを見つけられないから
だ. しかし, 神は強い. 神がその被造物を求めれば, すぐにそれを
意のままにできるのである.

(1820 年から 1821 年のノートから)

ニューヨークでは, 異なる宗派のキリスト教の教会が 90 もあると
いうが, そうはいっても, この町は, エリー運河*の開通以来とくに,
いまやあふれるほどの富を蓄えつつある. おそらく, 人々は, 宗教
的考えや感情は, それがいかに特異なものであろうとも, 心穏やか
な日曜日のものであり, 信仰心に伴われた骨の折れる仕事は平日の
ものであると, 確信しているのであろう.

(1824 年から 1825 年:「芸術と古代」V.2.のための草稿のうち印刷されなかっ
たもの.)

　　*エリー運河:ハドソン河とエリー湖を結ぶ. 1817 年から 1825 年にかけて建
　　設された.

ニューヨークには 90 もの異なるキリスト教の宗派がある. その宗
派のどれもが, お互いに相手を尊重しつつ, 自身のやり方で神と主
に信仰告白をしている. 自然研究においても, いや, どんな研究で
あっても, 同様に進めなくてはならない. だれもが口では寛容を唱
えながらも, 他者が自分なりに考え意見を述べることを妨げようと
するのは, どういうつもりなのか?

(日付のわからない遺稿より)

最上の意味での告解は，成人の継続的な教理問答である．
（1828年2月の少し前に書かれたと推測されている）

「わたしは神を信じる」とは，りっぱな有難いことばである．しかし
そもそも，どこでどのように神が示現しようとも，神を承認するこ
と，それこそがこの世の至福なのである．
（1829年4月：自筆のメモより）

ケプラー*は言った．「わたしの最高の望みは，わたしが外界の至る
ところに見いだす神の存在を，内部でも，つまりわたしの内側でも，
同じように知ることである**」と．このことばを口にした時，この高
潔なる人物は，かれの中の神性が宇宙の神性と密接に結びついてい
ることを無意識のうちに感じていたのだ．
（1829年4月：自筆のメモより）

  *ケプラー（Johannes Kepler, 1571-1630）：デンマークの天文学者ブラーエの
   遺した膨大な観測データを基として計算を行い，惑星運動に関する法則（ケ
   プラーの第一法則，第二法則，第三法則）を導き出した．
  **「わたしの最高の望みは……」：このケプラーのことばは，シュトラーレン
   ドルフ男爵宛てケプラーの手紙（1613年10月23日付，ラテン語）をゲーテ
   がドイツ語訳したものである．

神の存在に関する目的論的証明は，批判的理性によって退けられた．
われわれはそれを受け入れよう．しかし，証明とは認められないも
のも感情としては有効なはずである．そのため雷神学から雪神学に
至るまで*，同様な信仰的努力のすべてが再燃している．われわれは
稲妻や雷や嵐に圧倒的な力の接近を感じ，花の香りや暖かな風のそ

よぎにやさしく近づく存在を感じてはならないというのだろうか？

（1829 年 7 月 8 日：手紙の下書きの裏側に自筆で記入）

> ＊雷神学から雪神学に至るまで：雷神学と雪神学は，18 世紀半ばに流行した
> 自然神学（驚嘆すべき完全なる自然の仕組みが，神を証明するという目的論
> 的神学）．雷，稲妻，雪などの自然現象を科学的に説明すると，その仕組み
> がいかに機能的で目的にかなったものかが明らかになる．世界を理性に
> よって合理的に説明することが，逆にそのような完璧な世界を作った神へ
> の驚嘆を啓蒙主義的人間にもたらしたといえる．
>
> ＊＊われわれは稲妻や雷や嵐に：旧約聖書列王記上「ホレブに向かったエリア」
> 19.11 の「見よ，そのとき主が通り過ぎて行かれた．主の御前には非常に激
> しい風が起こり，山を裂き，岩を砕いた．しかし，風の中に主はおられなかっ
> た．風の後に地震が起こった．しかし，地震の中にも主はおられなかった．
> 地震の後に火が起こった．しかし，火の中にも主はおられなかった．火の
> 後に，静かにささやく声が聞こえた」の反映が見られる．（日本聖書協会新
> 共同訳 1999 を使用）

伝道においては，粗野で肉欲的な人間が風紀というものがあるのに
気づくこと，激しい気性で手に負えない人間が自分でも容赦できな
い間違いを犯したことに気づくこと，このことにすべてがかかって
いる．最初の例は，穏やかな処世訓を受け入れるように，次の例は，
和解への信頼にむけて導かれる．そのどちらでもない，偶然の結果
と思われる悪は，賢く究めがたい導きにゆだねられるだろう．

（日付のわからない遺稿より）

> （注）ゲーテは，デンマーク・ハレ伝道団に関する記録を読んでいたという．
> この伝道は，1704 年にデンマーク・ノルウェー王でシュレースヴィヒ・ホル
> シュタイン公フレゼリク 4 世（Friedrich IV auch Frederik IV, 1671-1730）

がインドに伝道団を送ることを決定したことに始まる．伝道団は 1706 年から 1845 年まで継続的に活動を行い，ハレのフランケ（August Hermann Francke, 1663-1727）のもとに集まっていた敬虔主義者たちはこの伝道で大きな役割を果たした．

これらの宗教上の諍いという不治の病は，ある一派は，つくり話や<ruby>メールヒェン</ruby>空虚なことばから人間の最大の利益を引き出そうとし，一方，別の一派は，だれも心の安寧を得られないところに，人間の最大の利益を根拠づけようとする点にある．
（日付のわからない遺稿より）

信仰は，目に見えないものへの愛であり，不可能なもの，ありそうもないものへの信頼である．
（サムエル記上 1.*からの抜粋と一緒に記述されていた．日付のわからない遺稿より）

> ＊サムエル記上 1.：子どもができず苦しんでいたハンナは主に願って男の子を授かり，その名をサムエル（その名は神）とする．サムエルはイスラエル王国成立前の指導者で，祭司，士師，預言者．

神は，われわれが高みに立てばすべてであり，低きに立てば，われわれのみじめさを埋めるものである．
（日付のわからない遺稿より）

＊　　　　＊　　　　＊

［ひとつのまとまりを成すふたつの箴言．1829 年「遍歴者たちの精

神による考察」に掲載]

信心は目的ではなく，最も純粋な心の静けさによって最高の教養に
至る，そのための手段である．

それゆえに，信心を目標，目的として掲げる人たちは，多くの場合，
偽善者になることが認められる．

4-2. 宗教改革

あらゆる時代において，学問に影響を与えるのは個人だけであり，
時代ではない．ソクラテスを毒によって処刑したのは，時代だった．
フス＊を火あぶりにしたのは，時代だった．どの時代であれつねに同
じだった．
(1826 年「芸術と古代」V.3.)

> ＊フス（Jan Hus, 1370?-1415）：ボヘミアの宗教改革者．1409 年プラハ大学総
> 長．ドイツのコンスタンツで 1414 年から 1418 年にかけて開催された第 16
> 回公会議にて 1415 年に異端とされて焚刑に処された．

＊　　　　＊　　　　＊

[ひとつのまとまりを成す 3 箴言．1829 年「マカーリエの文庫から」
に掲載]

宗教改革を通じて，精神が自由を探し求めたということは，否定さ
れえない．ギリシア・ローマの古代に関する啓蒙は，より自由で，

より礼儀正しく，より趣味のよい生活への願い，憧れをもたらした
のである．しかし，それは，心がある簡素な自然状態に戻ろうとし，
想像力が研ぎ澄まされて，促進された面も小さくはなかった．

天上からすべての聖人が突然追放された．そして，感覚，思考，心
情が，か弱い幼子を抱いたひとりの神々しい母親から離れて，成人
した，道徳的な力を及ぼす，不当に苦しむ人の方に向けられた．そ
の人は，のちに半神として変容し，真の神と認知され，崇拝された
のだった．

かれは，創造主が宇宙を広げたところを背景として立った．かれか
らは精神的な影響力が広がり，かれの苦しみを人は範例としてわが
ものとした．そして，かれの変容は，永遠の命へのあかしとなった
のだ．

＊　　　　　＊　　　　　＊

[ひとつのまとまりを成す4箴言．1829年「マカーリエの文庫から」
に掲載]

よく考えてみると，たとえ宗教的な意味合いでないとしても，われ
われは，毎日自分自身をもっと改革し，他者には抗議を行うべきで
ある．

われわれは，感じたこと，見たこと，考えたこと，経験したこと，
想像したこと，理性的なことと，できるかぎりぴったり一致するよ
うに，ことばを把握する努力をしている．それは，ぜひともせねば

ならない，日々新たな，徹底的に真剣な努力である．

だれでも試してみればわかるはずだが，これは思ったよりもずっと
困難なことである．なぜなら，残念ながら人間にとって，ことばと
いうものは，通常，代用品なのだ．つまり，人間は，たいていの場
合，ことばにするより以上に，ものごとをよく考え，よく知ってい
るのである．

しかし，われわれ自身や他者のうちに生じたり，忍び込んだりする
可能性のある偽り，不適切なもの，不十分なものを，明晰さと誠実
さを通じて可能なかぎり排除する努力を今後も続けようではないか．

4-3. 聖書

聖書はそれを理解すればするほど，ますます素晴らしいものになる
とわたしは確信している．すなわち，われわれが普遍的に理解し特
殊な場合には自身に適用するあらゆることばが，その特定の事情に
従って，また時や場所の状況に従って，特有な，特殊な，直接の個
人的つながりを持っていたことを，悟り直観すればするほど，そう
なるのである．
(1825 年 12 月 26 日付ラインハルト伯爵宛書簡下書きと一緒に 1 枚の紙に自筆
で書かれていた．1829 年「マカーリエの文庫から」に掲載)

聖書外典．これについて，歴史的にすでに知られていることを再度
まとめて，以下のことを記すのは，重要なことであろう．聖書外典
は，西暦の最初の数百年間においてすでに，信徒たちに洪水のよう
に与えられ，そして，いまだにわれわれの正典をそこなっている．

この典拠の疑わしい書物こそが，キリスト教が，政治的及び教会の歴史において，完全な美と純粋さの形で一瞬たりとも現れることができなかった，もともとの原因である．

（日付のわからない遺稿より）

＊　　　　　＊　　　　　＊

[ひとつのまとまりを成すふたつの箴言．1826 年「芸術と古代」Ｖ．3．に掲載]

本来われわれは，自身が評価を下せない本からのみ学習する．評価を下すことができるとしたら，その本の著者は，われわれから学ばなくてはならないことになる．

それゆえに聖書は永遠に人びとに働きかける本である．なぜなら，この世界が続くかぎり，「聖書を総体として把握し，個々において理解する」と言う人間は現れないだろうから．しかしわれわれは，「総体として聖書は畏敬の念を起こさせ，個々においては適用できる」と謙虚に言うのである．

[ひとつのまとまりを成すふたつの箴言．1826 年「芸術と古代」Ｖ．3．に掲載]

聖書の普及の益と害については多くの論争があり，それは今後もあることが予想される．わたしに明らかなのは，以下のことである．つまり，聖書が害となるのは，これまでどおり，独断的に現実離れした形で使われるときであり，聖書が益となるのは，これまでどお

り，教育的かつ心情にあふれた形で受け入れられるときだ，ということである．

永遠のはるか昔から，もしくは時間の経過のうちに発展してきた，偉大で根源的な力は，とどまることなく作用している．それが有益か不利益かについては，偶然が決めることである．

4-4. 神秘主義

[ひとつのまとまりを成す4つの箴言．1826年「芸術と古代」V.3. に掲載]

すべての神秘主義は，人が断念しようと思うなんらかの対象からの超越であり，離脱である．絶縁したものが大きく意義があればあるほど，神秘主義者の生み出すものは豊かになる．

オリエントの神秘主義的詩歌は，それゆえに，奥義を極めた人が指し示す世界の富が，つねにその人の自由になるという大きな利点を持っている．かくして，かれは，自分が後にする豊さのただなかに変わることなく存在し，手放したいと願ったはずのものをほしいままにするのである．

キリスト教の神秘主義者というが，この宗教自体がそもそも神秘を提供しているのだから，本来まったくあるはずがないものである．それにまた，かれらはいつでもすぐに脈絡の整わないことに陥って，主観の底知れぬ深みに落ちるときている．

ある機知に富んだ男が以下のように言った.「最近の神秘主義は心の弁証法であり,それゆえに,時として驚嘆すべきものであり誘惑的だ.なぜなら,神秘主義は,通常の知性・理性・宗教の方法であれば人間が至らないような,そのようなことがらをことばにする.麻痺状態にならずに,それを究める勇気と力が自分にあると考える者は,トロフォニオスの洞窟[*]にでも身を沈めればよいが,どうなることやら,あとの面倒は自分でみるしかない.」

*トロフォニオスの洞窟:ギリシアの伝説によると,トロフォニオスはアガメ
　デスと共にヒュリア王の宝物を収める蔵を作り,その後その宝蔵に何度も
　盗みに入った.しかし,仕掛けられた罠にアガメデスがはまったので,身元
　を隠すためにその首を切り取り持ち去った.ボイオティアのレバデイアで
　大地に飲み込まれたといわれる.レバデイアの地下にある,トロフォニオ
　スの神託所に行くには,洞窟に身を沈めなくてはならないとされた.

5.

美 と 芸 術

5-1. 美

美は，自分自身について，けっして明確にはなりえない．

(1824 年「芸術と古典」V.1.)

最高の有益性（合目的性）における現実性はまた，美しくもあるだろう．

(日付のわからない遺稿（自筆）より)

*　　　*　　　*

[ひとつのまとまりを成すふたつの箴言．1791 年か 1794 年：自筆でノートに記入]

必要なことがなされれば，完全性はそれだけで生じる．しかし，美は，必要なことがなされても，隠れたままである．

完全性は不均衡と共存できる．美は均衡とのみ共存しえる．

5-2. 芸術の段階

[ひとつのまとまりを成す 9 つの箴言. 1829 年「遍歴者たちの精神による考察」に掲載, 二番目の箴言のみ 1824 年「芸術と古代」V. 1. にも掲載]

生に対する芸術や学問の関係は, これらがいまある段階の関係によって, 時代の状態やその他の何千という偶然の出来事によって, さまざまである. それゆえに, だれもがこの関係について全体をたやすく理解することができるわけではない.

詩は, なんらかの状況の初期において最も影響を及ぼす. この状況はかなり粗野で洗練の度合いも低く, また, ひとつの文化が変化する時期, 異文化との出合いの時期にある. つまり, このときあらゆる点で, 新しいことの影響が起こっているといえるだろう.
(1824 年「芸術と古代」V. 1. に掲載)

最も良い意味における音楽は, 新しさをそれほど必要としない. むしろその音楽が古ければ古いほど, その音楽に人が慣れていればいるほど, 音楽は効果を発揮する.

芸術の品位は, もしかすると, 音楽において最もすぐれた形で現れるのではないか. なぜなら, 差し引かねばならない題材が音楽にはないからである. 音楽にあるのは形式と内容のみであり, 音楽は, 表現するものすべてを高めて気品あるものにする.

音楽は神聖であるか世俗的であるか, そのどちらかである. 神聖さ

は，音楽の品位にまったくふさわしい．この点において，音楽は生
に最大の影響を与え，それはあらゆる時代や時期を通じて変わらな
い．世俗的な音楽は，あらゆる点で陽気であるべきであろう．

神聖な特性と世俗的な特性を混ぜてしまうような音楽は，神に背く
ものだ．そして，弱くて嘆きにみちた，みじめな感性を表現するこ
とを好む，お粗末な音楽は，悪趣味である．なぜなら，神聖である
には厳粛さが足りず，世俗的なものの主要な特性，つまり明朗さも
欠けているからである．

教会音楽の神聖さ，民衆の旋律の陽気さと滑稽さは，真の音楽[*]がそ
の周りを回るふたつの中心点である．このふたつの点において，い
かなるときも音楽は必然的な作用を示す．つまり，礼拝または踊り
である．これらを混ぜると人を惑わし，これらを弱めると退屈にな
る．さらに音楽が，教訓詩や記述的な詩やその類いに頼ろうとする
と，おもしろみがなくなる．

　*真の音楽：エッカーマン『ゲーテとの対話』（1829 年 2 月 12 日）においては，
　　ゲーテが『ファウスト』の音楽の作曲家はモーツァルト（Wolfgang
　　Amadeus Mozart, 1756-1791）でなければならなかった，『ドン・ジョバン
　　ニ』の音楽の性質が必要だと語ったとある．

彫刻は本来，その最高段階でのみ効果を発揮する．中程度の作品は
すべて，おそらく，見るべきところが少しでもあれば，感銘を与え
うる．しかし，この種の中程度の芸術作品は，人に喜びを与えると
いうよりは，人を困惑させる．それゆえ，彫刻芸術は，関心をひけ
そうな題材をさらに追求しなくてはならなくなり，そして，偉大な

人間の肖像にそれを見いだす．しかし，ここでも，彫刻芸術は，真
であり同時に気高くあろうとすれば，やはり高度な段階に至らなく
てはならない．

絵画はあらゆる芸術のうちで最も許容範囲が広く気楽な芸術である．
許容範囲が広いというのは，絵画が単なる手仕事である場合でも，
または芸術というには難がある場合でも，人は，題材や主題ゆえに
絵画を甘く評価し，絵画を楽しむからである．また，内容はなくて
も優れた技術の仕上げであれば，教養がある人にもない人にもひと
しく感嘆の念を起こすので，もうすこし高い段階で人気を得るには，
ほんのすこしだけ仕上げが芸術へと高められるだけでいい．色彩，
うわべ，目に見える対象の相互関係における真実味だけでもう好ま
しいのである．そして，そうでなくても目はすべてを見ることに慣
れているので，耳に騒音が気に障るほどには，奇妙な形や不恰好な
図は気に障らない．人は，最悪の模写であっても許す．なぜなら，
人はもっとひどい対象を見慣れているからである．画家はつまり少
しだけ芸術家であればよい．それだけでもう，画家は同等の才能を
もつ音楽家よりも多くの人びとに注目される．才能が劣る画家で
あっても，すくなくとも，つねに自分だけで巧みに働くことができ
る．才能が劣る音楽家が，協同作業によっていくばくかの効果を上
げるために，だれかと協力しなくてはならないのとは違うのである．

5-3.「素朴さとユーモア」

[ゲーテ自らが「素朴さとユーモア」とタイトルをつけた 9 箴言．
1818 年「芸術と古代」I.3. に掲載]

芸術は厳粛な仕事である．そして最も厳粛なのは，高貴で聖なる主題に取り組むときである．とはいえ，芸術家は芸術と主題よりも上に立つ．つまり，芸術家は芸術を自らの目的のために使うので，芸術より上に立つ．そして，芸術家は主題を自らのやり方で取り扱うので，主題の上に立つのである．

造形美術は，目に見えるもの，つまり自然なものの外的な現象を頼りとする．純粋に自然なものを，それが道徳的に望ましいかぎり，われわれは素朴^{ナイーブ}という＊．つまり，素朴な主題こそが，自然なものの道徳的表現であるべき芸術の領域なのである．両方を指し示す主題が，きわめて好ましい．

　＊素朴^{ナイーブ}：自然でのびのびとして純真，率直なさまを指す．

自然な素朴さは，現実のものと兄弟姉妹の関係にある．道徳的関連がない現実のものを，われわれは下劣^{ゲマイン}と呼ぶ．

芸術はそれ自体がすでに高貴である．それゆえに，芸術家は下劣なものを恐れない．それどころか，下劣なものが芸術家の手にかかると，それだけでもう高貴なものとなる．かくしてわれわれは最も偉大な芸術家たちが大胆にかれらの帝王の大権を行使するのを見る．

どんな芸術家においても，それなくしてはどんな才能も考えられない，大胆不敵さの芽がある．もしも人が才能ある人を制限して一方的な目的で雇って使おうとすれば，この芽がとりわけ活発になる．

ラファエロは，近代の芸術家のうちで，この点でも，最も純粋な芸

術家だろう．かれはあらゆる点で素朴であり，現実のものがかれに
あっては道徳的なことと反目することがない．このことは神聖なこ
とであってすら同じである．王たちの礼拝*が描かれたタペストリ**は，
どこまでもみごとな構成で，最年長の礼拝する王侯からムーア人や
ラクダに乗ってりんごを手に楽しんでいる猿たちに至るまで，ひと
つの完全な世界を表現している．ここでは，聖ヨセフも到着した贈
り物を喜ぶ育ての親として，まったく素朴な性格づけをされること
が許されたのである．

   *王たちの礼拝：「王たちの礼拝」の主題は，イエス誕生のときに「占星術の学
     者たちが東の方からエルサレムに来て」ヘロデ王にメシア誕生を告げ，ベッ
     レヘムに赴き，「彼らはひれ伏して幼子を拝み，宝の箱を開けて，黄金，乳香，
     没薬を贈り物として献げた」という新約聖書（マタイによる福音書2）のこ
     とばを基にしているとされる．（日本聖書協会新共同訳1999の訳を使用）
   **タペストリ：ラファエロ（Raffaello Sanzio, 1483-1520）は，1515年から
     1516年にかけて，ローマ教皇レオ10世（Leo X, 1475-1521）の注文を受け
     てシスティーナ礼拝堂のタペストリのカルトン（原寸大の下絵）を10枚書
     いている．このカルトンを基に制作されたタペストリを，ゲーテは1787年
     6月にローマで見ている．とはいえ，この10枚のカルトンの主題は聖ペト
     ロの生涯と聖パウロの生涯なので，この箴言がいうタペストリではない．
     この箴言のタペストリの所在は不明である．

そもそも聖ヨセフには，芸術家たちがねらいをつけてきた．たとえ
ば，不必要なユーモアを絵画にもたらしたとは到底いえない，ビザ
ンチン派の画家*たちにしても，やはり生誕の際のこの聖人をつねに
不機嫌な様子で描いている．子どもは飼い葉桶の中に寝ていて，動
物たちが中をのぞいており，餌の干し草の代わりに生き生きとした，

神々しい気品のある神の子を見いだして驚いている．天使は生まれ
たばかりの赤ん坊をあがめており，母親は静かにそばに座っている．
しかし，聖ヨセフは後ろ向きに座っており，無愛想な顔でこの常な
らぬ場面を振りかえって見ている．

> ＊ビザンチン派の画家：ライン川下流地域，特にケルンで14世紀から15世紀
> にかけて盛んになったビザンチン様式の伝統を引く祭壇画のマイスターた
> ちを指すのではないかと推測されているが，ビザンチン帝国（東ローマ帝国）
> の画家たちを指す可能性も否定できない．
>
> なお，ゲーテは，1814年にハイデルベルクでボワスレ兄弟（Sulpiz Boisserèe,
> 1783-1854, Melchior Boisserèe, 1786-1851）の絵画コレクションを見ている．
> ボワスレ兄弟は，1803年の「帝国代表者主要決議」によって神聖ローマ帝国
> 内の教会世俗化（財産没収）が進んだことを受けて，1804年からライン下流
> 地域の祭壇画のコレクションを開始，1810年からハイデルベルクでコレク
> ションを公開していた．現在では，ボワスレ・コレクションの大半は，ミュ
> ンヘンのアルテ・ピナコテークに所蔵されている．

ユーモアは天才（ジェニー）の要素のひとつである．しかし，それが支配的とな
るやいなや，天才の単なる代用物となる．ユーモアは，弱体化する
芸術についてまわり，最後にはそれを破壊し無に帰せしめる．

これについては，われわれが準備中のある仕事が興味深い説明とな
りうる．それは，すでにかなり多くの面が知られている芸術家全員
を，もっぱら倫理的な側面から考察し，時代と場所，国と親方（レーアマイスター），
芸術家自身の確固たる個性が，かれらが成功へと自己形成するため
に，かれらが自らの本質を維持するために，どのように貢献したの
かを，かれらの作品の主題や取り扱い方から紐解くことである．

5-4. 天才(ジェニー)

輝かしい讃美歌の「ヴェニ・クレアトール・スピリトゥス*」は，本来は，天才(ジェニー)に向けての呼びかけである．それゆえに，この歌は，才気あふれる，エネルギーに満ちた人間にもまた強烈な印象を与えるのである．

(1823 年「芸術と古代」Ⅳ.2.)

> *ヴェニ・クレアトール・スピリトゥス：グレゴリオ聖歌．780 年頃にマインツに生まれ，フルダのベネディクト会修道院修道士となり，847 年にマインツ大司教に叙任されたマグネンティウス（Hrabanus Maurus Magnentius, auch Rabanus oder Rhabanus, 780?-856）によって作られたという説がある．マルティン・ルター（Martin Luther, 1483-1546）のドイツ語訳（1524）がある．日本では『讃美歌』（日本基督教団出版局 1955 年初版）に「きたれや，みたまよ」が収められている．
>
> ゲーテの日記（1820 年 4 月 9 日）には「ヴェニ・クレアトール・スピリトゥスを翻訳した」という記述があり，ツェルターへの手紙（1820 年 4 月 12 日）には，この翻訳に曲をつけて五月中に義理の娘のオッティーリエ（Ottilie Wilhelmine Ernestine Henriette von Goethe, 1796-1872）に送ってくれたら，彼女が楽譜をよく勉強して，毎週日曜日に合唱を聞かせてくれるはず，と書かれている．
>
> なお，1910 年初演のグスタフ・マーラー（Gustav Mahler, 1860-1911）の交響曲第 8 番合唱では，第一部に「ヴェニ・クレアトール・スピリトゥス」，第二部にゲーテ『ファウスト』第二部第五幕最終場面（ファウストが天上に引き上げられる場面）の詩行が用いられている．

主観的な，あるいはいわゆる感傷的な詩に，客観的な，叙述的な詩

と同じ権利を与えるやいなや——そうしないと現代的な詩を全否定
せざるをえないのでほかに道はないわけだが——予測されたのは，
いかに本物の詩的天才が生まれようとも，かれらが偉大なる現実世
界の生活における普遍よりも，内的生活の居心地の良さをつねに書
くようになるということだった．はたせるかな，このことはいまや
比喩のない詩が存在するという段階にまで至っている．しかも，こ
のような詩に対して賛意を表することをかならずしも阻めない状況
である．

(1824 年「芸術と古代」V.1.)

詩的才能は農民にも騎士にも等しく与えられている．大切なのはた
だ，各自が自分の状況を把握して，品位を持ってこれを取り扱うこ
とである．

(1829 年「マカーリエの文庫から」)

> （注）この箴言は，レーザ編『Dainos, あるいはリトアニアの民謡』(1825) に
> 関する書評のために書かれた注の文章の一部だったが印刷されなかったも
> のである．Dainos はリトアニア語で民謡という意味である．レーザ
> (Ludwig Jedemin Rhesa, 1776-1840) はリトアニア系ドイツ人で，ケーニヒ
> スベルク大学教授．リトアニアの詩や民謡を収集した．

天才の幸運とは，きわめてまじめな時代に生まれること．

(1809 年頃：カール・フォン・リュンカーの名刺に書き留められていた)

自然は，創造主との一致のうちに自らに定めた法則によって活動し，
芸術は，天才と意見を一にする規則によって活動する．

(1811 年：『詩と真実』のための構成図断片の裏側にメモ)

戯曲を書くには，天分が必要である．最後には感傷，中間には理性，
最初には知性が支配すべきであり，すべてがバランスよく，活発で
鮮明な想像力によって，語られる必要がある．

(1825 年：日付のない遺稿があり，なおかつ同様の文が 1825 年 12 月 11 日付の
エルスホルツ[*]宛書簡の最後に記入されている．この書簡の内容は，エルスホル
ツの喜劇『宮廷女官』への肯定的所見である)

> *エルスホルツ（Franz von Elsholtz, 1791-1872）：1825 年頃はベルリンで戯
> 曲家として活躍していた．ゲーテによる高い評価も手伝って『宮廷女官』は
> ベルリンで大当たりを取った．

生まれつきのものだけではなく，獲得されたもの，それが人間であ
る．

(1829 年 7 月 8 日：手紙の下書きの裏側に書かれていた)

偉大な考えをもつ天才は，かれの世紀に先んじようとする．一方，
我意から生じた才能にありがちなのは，それを停滞させたがること
である．

(日付のわからない遺稿（自筆）より)

*　　　　*　　　　*

[ひとつのまとまりを成すふたつの箴言．1829 年に自筆で書かれた
ものを書記ヨハン・ヨーンが清書]

土台のない，際限のない活動ほど見ていて恐ろしいものはない．実
践的なことに基礎をおいて，自分を築き上げるすべを知る者は，幸

いである．しかし，そのためにはまったく独自の二重の天分が必要
である．

人は芸術家を褒め称えて，すべてかれ独自のものだという．このよ
うなことは二度と聞かずに済ませたいものだ．よくみれば，そのよ
うな独創的（オリギナールジェニー）な天才の作品は，多くの場合，二番煎じだ．経験のある
者は，その類似をひとつひとつ証明できるだろう．

5-5. 「文献学，詩，雄弁術」

[ひとつのまとまりを成す3箴言．1829年「遍歴者たちの精神による考察」に掲載]

文献学者は，手書きの伝承本の一致が頼りである．ある写本が定本
となる．その中に，実際の欠落部分と，意味の欠落部分をもたらす
写し間違いがあり，それ以外にも写本であれば検討すべきあらゆる
問題点がある．次に，第二の写本，第三の写本がある．これらの写
本の照合によって，その伝承に関する知性的もの，理性的なものに
どんどん気づいていく．ここに至って，文献学者はさらに仕事を進
め，今度は内的感覚によって，外的な助けなしに，取り扱っている
写本の一致をますます理解し，記述するすべを知ることを追求す
る．ここで，特殊な感受性，いまは亡き作者に対する特殊な掘り下
げ，ある程度の発想力が求められるので，たとえ文献学者が趣味の
問題が問われるときにある判断を下したからといって，かれを悪
くは言えないだろう．しかし，この判断はつねに正しいとは限ら
ない．

詩人は表現が頼りである．表現の最高点は，それが現実と競い合うとき，つまり，その描写が，精神によって生き生きとしていて，だれにとっても眼前に見えるように思えるときである．その頂点にあって，詩は完全に外面的に見える．それが内面に引きこもるにつれて，詩は堕落に向かう可能性がある．ただ内面のみを表現して，内面を外面によって具現化することがない詩，あるいは内面を通じて外面を感知させることがない詩は，両者とも下劣な生に入り込む最終段階にある．

雄弁術は，詩の利点すべて，詩の権利すべてを頼る．雄弁術は，それらを我が物として悪用し，市民生活におけるある種の外面的な利益，つまり道徳的であれ不道徳であれ，いずれにしてもつかの間の利益を手にしようとする．

5-6. 理念の 顕　　現 （マニフェスタチオーネン）

[ひとつのまとまりを成す 7 つの箴言．1826 年「芸術と古代」V. 3. に掲載]

理念は，永遠で唯一である．複数形を用いることもあるが，それは望ましくない．われわれが気づき，語ることができるものはすべて，理念の顕現*にほかならない．さまざまな概念をわれわれは口にするが，このかぎりでは，理念そのものもひとつの概念である．

　*理念の顕現（Manifestationen der Idee）：永遠で唯一の理念の複数の顕現という意．

美的なことにおいて，美の理念と言うのはよろしくない．そうすることで，美を個別化してしまうのである．美は，個別に考えることはできない．美についてできるのは，ひとつの概念を持つことである．この概念の伝承は可能である．

美の理念の顕現は，崇高なこと，機知に富んだこと，滑稽なこと，可笑しなことの顕現と同様にすぐに消えてしまう．これが，なぜそれについて語ることが困難なのかの理由である．

真に美的・教育的でありえるのは，門弟たちと共に，感じる価値があることすべてにさっと触れるか，またはそれが最高潮に達し，かれらがきわめて感じやすくなっている瞬間にそれをかれらに伝えるときであろう．しかし，この要求は実現されえないので，教壇の教師たちは，きわめて多くの顕現の概念を門弟のうちに呼び覚ますことでせいぜい誇りに思うしかない．つまり，このことで，門弟たちはあらゆる善，美，偉大さ，真実に敏感になり，それがしかるべきときに門弟たちの前に現れたときに，喜びをもってそれを理解できるようになるのである．かれらがそれと気づき知ることがなかったとしても，これをもって，すべてがそこから生じる根本的理念がかれらのうちで活発になったであろう．

教養ある人びとを見れば，かれらが根源的存在の顕現のひとつのみに，またはごく少数のみに，敏感であることがわかる．それで十分なのである．才能というものは，実践的な場面ですべてを発展させる．理論的な個別的なことには注意を払う必要はないのである．つまり，音楽家は，なんの損害も受けずに彫刻家を無視できるし，その逆もまた同じなのである．

あらゆることを実践的に考えてみるべきである. それゆえ, 偉大な
理念の互いに類似した顕現が, それが人間の手によって現れるかぎ
り, 適切な方法で相互に働きかけるように, 人は努めるべきである.
絵画, 彫刻品, 舞踊は, 分かちがたい関係にある. しかし, そのう
ちのひとつに天からの使命を授かった芸術家は, 他の芸術家から損
害を受けないように, 用心せねばならない. 彫刻家は画家から, 画
家は舞踊家(ミミカー)から惑わされる可能性がある. つまり, 三者はみな非常
に互いの心を混乱させる可能性があり, そうなるとだれも両足で
しっかりと立ってはいられないのである.

身振りで表現をする舞踊芸術は, 本来であれば, 造形芸術すべてを
破滅させるものであろう. それはもっともなことである. ただ幸い
なことに, それがもたらす官能の刺激は非常に一時的なものであり,
刺激を与えるためには, 舞踊芸術は誇張に至らざるをえない. この
ことは, 他の分野の芸術家たちの気持ちを, 幸いなことに, ひるま
せる. しかし, かれらは, もしも賢く用心深いのであれば, この時
に多くを学ぶことができるのである.

5-7. 若い画家への忠告

[ひとつのまとまりを成す 12 の箴言. 1829 年「遍歴者たちの精神に よる考察」に掲載]

素人(ディレッタント)たちは, かれらに可能なかぎりのことをしたら, まだ仕事が
完成していない, といつも言い訳をする. しかし当然のことに, 一
度もまともに始められていないのだから, 完成する見込みはまった
くない. プロの画家(マイスター)は, その作品を, 筆を少し動かすだけで完成し

たものとして表現できる．仕上げが成されるか成されないかは関係なく，それは最初から完成している．最も手際のよいディレッタントであっても，あやふやなものを手探りしている．そしてその完成が近付くにつれ，最初の構図の不確かさがますます見えてくる．最後の最後になってようやく，埋め合わせられない過ちが発見される．当然，その作品は完成されえないことになる．

(注) この箴言の手稿には以下の続きがある．この部分は，この箴言を「遍歴者たちの精神による考察」に掲載するときにゲーテ自らが削除している．

「最後の手ができることは，すでに最初の手が明確に表現していなくてはならない．なされるべきことは，すでに最初から決定されていなくてはならない．」

真の芸術には，準備教育のための学校はない．しかし，さまざまな準備というものはおそらくある．とはいえ，最上の準備は，どんなに平凡な弟子であっても師匠^{マイスター}の仕事に参加することである．絵具を擦る人たちからすぐれた画家たちが生まれている．

(注) この箴言の手稿には以下の続きがある．この部分は，この箴言を「遍歴者たちの精神による考察」に掲載するときにゲーテ自らが削除している．

「フィリップ・ハッケルトはひとりの若者を使用人にしていた．かれは茶色で描かれた主人のペン画を次第に感嘆に値する方法で模倣することを学んだ．これが，平凡なまたは小さな才能の真の発展である．」

ハッケルト（Jacob Philipp Hackert, 1737-1807）は，ベルリン造形美術アカデミーで学んだのち風景画家となり，1768 年にイタリアに渡りローマを拠点として活動した．1807 年にフィレンツェの近郊で亡くなる．ゲーテは

1786 年にイタリア旅行中にナポリでハッケルトと出会い，絵画の描き方の
教授を受けている．1788 年にはふたりでローマにおいて造形美術を見て
回っている．ゲーテは，1811 年にハッケルトの小さな伝記をまとめている．

これと異なるのは，猿まねである．それは，人間の自然な一般的活
動が，困難なことを軽々と成し遂げる優れた芸術家によって偶然に
刺激されて生じる．

　（注）この箴言の手稿には以下の続きがある．この部分は，この箴言を「遍歴
　　　者たちの精神による考察」に掲載するときにゲーテ自らが削除している．
　　　ラファエリーノ・ダ・レッジョ（Raffaellino da Reggio, 1550-1578）はイタリ
　　　アのマニエリスムの画家．

　　　　「ラファエリーノ・ダ・レッジョは，非常に軽々と家々の外壁をフレスコ
　　　　で描いたので，子どもたちはみな，煉瓦にチョークで絵を描き，同じよう
　　　　に書いたと思った．」

造形芸術家が自然を模して習作をする必要性とその価値については，
われわれは，そもそも十分に納得している．しかし，この賞賛すべ
き努力の悪用に気づくとき，よく嫌な気持ちになることも，否定で
きない．

われわれの確信によれば，いかにして習作の一枚一枚をひとつの全
体に練りあげるのか，いかにしてその一枚一枚を心地よいひとつの
絵画に変えたうえで，ひとつの枠の中に納めて，愛好家や専門家の
心にかなうよう提供できるのか，これを同時に考えていなかったと
したら，若い芸術家は自然の模写の習作を，程度の差はあれ，始め
るべきではないのである．

多くの美が孤立して世界にある．その結びつきを発見し，それによって芸術作品を生じさせねばならないのが，精神である．花は，それにつく虫や，それを濡らす露や，花が最後の栄養をなんとかそこから取る花器によって，はじめて魅力を得る．どんな藪にも，どんな木にも，人がそれを岩や泉のそばに配置することによって意味が与えられうるし，ほどよい単純な遠景によっても，より大きな魅力を授けられうる．同様に，人間の姿形やあらゆる種類の動物も，このような性質を持っている．

若い芸術家がこれによって得る利益は，たいへん多様なものだ．かれは，考えること，つまり適合するものを適切に結びつけることを学ぶ．そして，このように気の利いた構成をすると，最後には人が案出と呼ぶもの，つまり個々から多様なものを発展させることも，かならずできるようになるはずだ．

またさらに，この点において，若い芸術家が本来の芸術教育学を真に充足させれば，同時にかれは，愛好家に好まれる優美な好ましい，売れる絵画を制作することを学ぶという，軽視できない大いなる利益も得ることになる．

そういった仕事は，最高度の仕上げと完成は必要としない．見かけがよくて，よく考えてあり，最後まで描いてあれば，愛好家にとってはより大きな，練り上げられた作品よりも魅力的なことがよくある．

　（注）この箴言の手稿には以下の続きがある．この部分は，この箴言を「遍歴者たちの精神による考察」に掲載するときにゲーテ自らが削除している．

「わたしの知人たちのなかでも，おそらく唯一フィリップ・ハッケルトだ
けは，芸術家の生活に欠かせないことをあらゆる点で理解していて，無
駄な運筆はけっしてしなかった．つまり，木々や樹木群，いやそれだけ
でなく，アザミや草の部分に至るまで，かれの鉛筆画はつねに，愛好家の
要求にそなえてビスタ（濃褐色）で光，影，中央・部分の印を塗られて，
ぴんと張られて，緑色の額に入れられて，売れる作品に仕上げられるよ
うに置かれていた．」

若い芸術家の諸君は，画帳や紙挟みの中の自分の習作をよく見てい
ただきたい．そして，前述の方法を用いていれば，そのうちの何枚
が，鑑賞にたえうる，望まれるものにできたのかを，熟考されたい．

これは，より高度なことに関する話ではない．それについての話も
場合によってはできるだろうが，しかし，ここでは，迷い道から呼
び戻してより高度なものを指し示す，単なる警告として申し上げて
いるのである．

芸術家よ，半年だけでいいので実践を試みて，眼前にある自然の対
象を絵として完成させる意図を持たずには，木炭や筆を使わないよ
うにしてみたまえ．生まれつきの才能を持っていれば，われわれの
このような示唆にある意図がなんだったのかが，すぐに明らかにな
るであろう．

6.

古 典 主 義

6-1. ギリシア人の芸術

ギリシア芸術以外の芸術については，つねになんらかの点について目こぼしをする必要がある．ただギリシア芸術に対してのみ，ひとは永遠に債務者である．
(1826 年「芸術と古代」V.3.)

イーリアスにおいて造形芸術があれほど高い段階で見られることは，この詩の現代性に関するひとつの論拠を示すものかもしれない．
(トリュッツシュラー嬢の名刺の裏側に記入されていることから，1811 年の終わり頃に書かれたと推測されている)

「なぜきみたちはホメーロスを苦労して読むのか？　どうせ理解できないくせに」と言った者がいる．これに対して，わたしは以下のように答えた．「太陽や月や星についてだって，たしかにわたしは理解していない．しかし，それらはわたしの頭上で歩みを進めている．そして，わたしがそれらを見て，その規則正しい驚嘆すべき歩みを観察することによって，わたしはそれらのうちに自分自身を認識する．そのときわたしは考える．わたしのうちからも何かが生じ

るかもしれない」と.

（日付のわからない遺稿より）

6-2. ギリシア人の格言

[ひとつのまとまりを成す 13 の箴言. 1829 年「マカーリエの文庫から」に掲載]

古代人のさまざまな格言は，つねに，人びとが繰り返し口にするものである. しかし，これらは，後の世において人びとが与えたいと思う意味とは，まったく別の意味を持っていた.

「幾何学を知らない者や幾何学に無縁な者は，哲学者の学院に足を踏み入れてはならない*」ということばは，数学者でなければ哲人になれない，などという意味ではない.

　　*「幾何学を知らない者……」：アリストテレス（Aristotélēs, 前 382-前 322）
　　の言い伝えによると，アテネのプラトン学院の入り口には「幾何学を学んだ
　　者でなければ，何人もここに入るべからず」という文字が掲げられていたと
　　いう.

ここで考えられている幾何学とは，エウクレイデス*においてわれわれに提示される，どんな初学者でも始めに学ぶことになっている，幾何学の初歩のことである. しかしそれだけではなく，それは，哲学への最も完全なる準備，いや，入門なのである.

　　*エウクレイデス（Eukleídēs, 生没年未詳）：紀元前 300 年頃のギリシアの数
　　学者. 通常，日本では英語読みでユークリッドと呼ばれる. 著書『ストイケ

イア』(Stoicheia)において，定義，公準，公理を出発点にして他のすべての
命題を厳密に証明することにより，ギリシア数学を集大成した．

〈目に見える点〉には〈目に見えない点〉が先行しなくてはならず，
ふたつの点の間の最短経路は，線が鉛筆で紙に引かれる前にすでに
線として考えられている——このことを理解し始めるとき，少年は
ある種の誇り，心地よさを感じる．これは，当然のことである．な
ぜなら，すべての思考の源泉が少年の前に開かれ，理念と実現され
たもの*，つまり potentia et actu が少年に明らかになったからである．
哲学者は少年に新しいことはなにも教えないが，幾何学者にはかれ
の領域においてすべての思考の根本がわかっていたのである．

  *理念と実現されたもの：原文では，Idee und Verwirklichtes とある．
  potentia et actu については，1810 年『色彩論』歴史篇第 1 部「アリストテレ
  ス」の項でも使用されており，南大路振一他訳『色彩論——II 歴史篇』(工作
  舎，1999 年) においては「可能態と現実態」と訳されている．

さらに，重要なことば「汝自身を知れ」を取り上げるとして，これ
を，自分を鞭打つような苦行の意に解釈する必要はない．このこと
ばには，今の時代の心気症患者，四体液説を信じる者，自己嫌悪者*
のいう自己認識の意味は少しもなく，非常に簡単なことを意味して
いる．つまり，自分と同じような人びとや世間にいかに対応するの
かに気づくために，自分自身にすこし配慮をして，自分自身に注意
を払うように，ということだ．ここでは，心理的苦痛はまったくい
らないのである．有能な人間はだれでもが，それがどういうことな
のかを知っており経験している．それは，だれにとっても現実的な
意味で最大の利益となる，良い助言なのである．

＊心気症患者，四体液説を信じる者，自己嫌悪者（Hypochondristen,
　Humoristen und Heautontimorumenen）：Hypochondristen とは，自分の健
　康状態やからだの状況に強い不安を抱く身体症状症（心気症）を持つ人．
　Humoristen のフモアとは，この場合は体液，気質，機嫌，気分，気まぐれ．
　古代ギリシアの医師ヒポクラテス（Hippokrátēs, 前 460?-前 370?）は，病気
　の原因を血液，粘液，黄色胆汁，黒色胆汁の四大体液の不調和としたとされ
　る．Heautontimorumenen は，Selbsthasser, Selbstquäler（自己嫌悪者，自
　虐的人間）．

古代人の，なかでもソクラテス派の偉大さを考えてみよ．かれらは，
あらゆる生ならびに行為の源と基準を眼前に置き，空虚な思弁では
なく生と行動を促すのである．

もし，われわれの学校の授業がつねに古代を指し示し，ギリシア語
やラテン語の勉学を奨励しているのなら，文化程度をより上げるた
めに必要不可欠なこの研究が，けして撤回されないという幸運を期
待できるはずである．

なぜなら，古代と向かい合い，それによって自己形成をするという
意図を持って古代を真剣に見つめるならば，われわれは，はじめて
ほんとうに人間になる，という感覚を味わうのだから．

学校の教師は，ラテン語の読み書きを試みることで，日常生活でか
れがおそらく思うよりも，自分がより気高くより高潔であるように
思う．

詩的な作品や造形的な作品に感受性をもつ精神は，古代に接すると，

きわめて優雅で理念的な自然状態に自身が置かれるのを感じる．そして今日でも，ホメーロスの詩歌は，すくなくともいっときは，何千年もの伝承が我々に背負わせた重荷を解き放つ力がある．

ソクラテスは，道徳的な人間がごく簡単に，ある程度自分自身について知ることができるように，かれらを自身のところに呼び寄せた．同じようにプラトンとアリストテレスは，そうする資格のある個人として，自然の前に進み出たのである．ひとりは精神と心情をもって自然に身をゆだね，ひとりは学者の眼差しと方法をもって自然を自らのものとした．事実また，全体においても個々においても，この三人へのわれわれの接近の実現は，どんなことでも，われわれが最も喜ばしく感じる出来事であり，われわれの自己形成への促進がつねに力強く示される出来事なのである．

現代の自然学の際限のない多重性，細分化，混乱から抜け出て，再び単純へと救済されるためには，つねに以下の問いを自らに呈する必要がある．つまり，根本的な単一であるにもかかわらず，われわれにはさらなる多様性において現れる自然に対して，プラトンであればどのような態度を取ったであろうかという問いを．

なぜなら，プラトンと同じ道をたどって認識の最端分枝まで有機的に至り，その土台からそれぞれの知の頂きを次第に築きあげ，それを堅固なものにできると，われわれは確信しているからである．その際，われわれが有益なことを退けようとせず，有害なことを受け入れまいと思うならば，いかに時代の活動がわれわれを支援し，また妨げるのか，それこそが，いうまでもないが，われわれが分析すべきことである．

6-3. ギリシア人の過ち

[ひとつのまとまりを成す3つの箴言. 1826年8月に書記ヨハン・
ヨーンに口述筆記. 二番目の箴言のみ1829年「遍歴者たちの精神
による考察」に掲載]

自然研究の歴史においてあらゆる点で気づくのは, 観察者が現象か
ら理論へとあまりにも早く向かうので, そのために不十分で仮説的
になることである.

アリストテレスの諸問題を見ると, その着眼の天分と, ギリシア人
が目をつけたあらゆることに, 驚かされる. ただし, かれらは現象
から直接的に説明へと進んでいるので, 性急さという誤りを犯して
いる. つまり, それによって, きわめて不十分な, 理論的意見が出
現するのである. だがこのことは, 今日でも犯される一般的な誤り
ではある.

(1829年「遍歴者たちの精神による考察」に掲載)

いかなる現象も, それ自体では, またそれ自体からは, 何かがわか
ることはない. 多くの現象が, その全体を概観されて, 体系的に分
類されてはじめて, ようやく理論と見なされうる何かをもたらすの
である.

6-4. 古典主義とロマン主義

「新しい表現が頭に浮かんだのだが」とゲーテは言った. 「両者の関
係をかなりうまく言い表すものだ. わたしは, 健全なものを古典的

なもの，病めるものをロマン的なものと呼びたい．これでいけば，
ニーベルンゲンはホメーロスと同じく古典的である．両方とも健全
で雄々しいからだ．最近のものの多くがロマン的だというのは新し
いからではない．弱く脆弱で病的だからである．古代のものが古典
的だというのは古いからではない．強く，新鮮で喜ばしく，健全だ
からである．」

（エッカーマン『ゲーテとの対話』1829 年 4 月 2 日より）

*　　　　　*　　　　　*

[ひとつのまとまりを成す 5 つの箴言．おそらく 1829 年：最初の 2
つの箴言のみゲーテの自筆，残りの 3 つの箴言は書記ヨハン・ヨー
ンによる筆記]

古典的とは健全なものであり，ロマン的とは病めるものである．

オウィディウス*は，流刑地にあっても古典的であり続けた．かれは，
自分自身のなかではなく，世界の首都から遠く離れていることのう
ちに不幸を見いだそうとしている．

> *オウィディウス（Publius Ovidius Naso, 前 43-後 18）：ローマの詩人．8 年
> に黒海沿岸のトミス（現在のルーマニア，コンスタンツァ）に流刑となり，
> ローマに帰ることが許されないままこの地で客死した．ゲーテは，『イタリ
> ア紀行』（第二次ローマ滞在）の最後にオウィディウスがトミスで書いた悲
> 歌を掲げている．

ロマン的なものはもう落ちるところまで落ちてしまった．近年の作

品のひどさといったら，あれ以上落ちることはほとんど考えられないほどだ.

イギリス人とフランス人はこの点ではわれわれよりもずっとひどい状態だ. 生きながらに腐り＊, その腐敗の詳細な観察において高揚する身体, 他者を破滅させるために生きながらえて, 生命ある者で自らの死を養う死者. われわれの制作者たちはそこまで落ちたのだ.

＊生きながらに腐り：1819 年にポリドリ（John William Polidori 1795-1821）が『ヴァンパイア』を出版したあとに流行したヴァンパイア小説を指すのではないかと推測されている. ポリドリはバイロン卿（George Gordon Byron, 1788-1824）の主治医であり,『ヴァンパイア』執筆の契機は, ジュネーブのレマン湖のほとりのデオダディ荘でのバイロン卿, ポリドリ, シェリー（Percy Bysshe Shelley, 1792-1822）, メアリー・シェリー（Mary Wollstonecraft Godwin Shelley, 1797-1851）らの社交の席での提案にある. これはバイロン卿のアイデアであり, 各人が怪奇譚をひとつ書くというものだった. ポリドリの『ヴァンパイア』は当初作者がバイロン卿とされて出版され, 非常によく売れた. マルシュナー（Heinrich Marschner, 1795-1861）によってドイツ語のオペラ（*Der Vampyr*, Romantische Oper in zwei Akten）に翻案されて, 1828 年にライプツィヒで初演されている.

このような諸現象は古代ではごくまれな症例として幽霊のように時々現れるだけだった. しかし, 最近の人びとにあっては, これは風土病, 伝染病になってしまっている.

7.

自 然 科 学

7-1. 根源現象

[1810 年『色彩論』教示篇第 2 編：物理的色彩 173.174.175.176.177.]

> （注）『色彩論』教示篇第 2 編：物理的色彩「十 第一類の光線屈折による色彩
> （Ⅹ DIOPTRISCHE Farben der ersten Klasse）」は，145. から 177. まであ
> り，145. から 172. までは「くもった媒質（ein trübes Mittel）」を通すと現れ
> る色彩の事例が述べられており，173. からはここまでのまとめと根源現象
> の説明となっている．

以上，われわれは，大気現象の最も壮麗な事例[*]，さらに，これには
劣るがそれでもなお十分に意義ある他の事例を，くもった媒質に関
する主要な経験から導き出してきた．注意深い自然愛好者たちがさ
らに前進し，実生活の中で多様に現れる現象をまさにこの方法で導
出する研鑽をつまれることをわれわれは信じて疑わない．同様に，
自然研究者が，かくも重要な経験を知識欲の旺盛な人びとに披露す
るために，十分な器具を探すことに期待したい．
（1810 年『色彩論』教示篇第 2 編：物理的色彩 173.）

　*大気現象の最も壮麗な事例：ここでは，靄を通してみた太陽の色，熱風のシ

ロッコ（地中海沿岸で吹く南東風）と煙霧，太陽，雲の色の関係，朝焼け，
夕焼け，高山での空の青，遠く離れた山々の色，雪山の色など，媒質として
の大気，靄，雲などを通して現れる色彩の事例が述べられている．

さて，われわれはここで，一般的に明らかな前述の主要現象を，
ein Grund- und Urphänomen
根本・根源現象と呼びたい．どうかこの場を借りてわれわれがこの
ことばをどう理解しているのかをただちにお知らせするのをお許し
願いたい．
（1810 年『色彩論』教示篇第 2 編：物理的色彩 174.)

われわれが経験のなかで気づくものは，たいてい，少し注意をはら
えば一般的な経験的項目のもとに分類される事例のみである．これ
らは，改めて学問的項目の下位に置かれる．この学問的項目は，さ
らに上を指し示し，その際に，現象として現れるもののなんらかの
不可欠な諸条件がわれわれにより詳しくわかる．このときから，す
べてがより高度な規則と法則の下に次第に組み込まれていく．しか
し，この規則と法則は，ことばや仮説を通じて知性に明らかにされ
るのではなく，同様に現象を通じて直観に明らかにされる．これら
の現象を，われわれは根源現象と呼ぶ．なぜなら，現象においては
これらの現象の上には何もないからであり，一方ではこれらの現象
が，先ほど経験的項目から上へ登ったように，今度はそこから段階
的に日常的経験の最も下劣な事例まで下っていくことに完全に適合
しているからである．上記に述べてきたのは，このような根源現象
なのである．われわれは一方に光，明るさを，他方に闇，暗さを見
る．この両者の間にくもりを置くと，このふたつの対立物から，こ
の仲介の助けを借りて，同様に対立において色彩が発生する．しか
し直ちに，それらの色彩は相互関係を通じて，直接的に共通項をふ

たたび指し示すのである.

(1810 年『色彩論』教示篇第 2 編：物理的色彩 175.)

この意味において, われわれは自然研究において犯された誤りは非常に大きいと考える. この誤りとは, 導出された現象*を上位に置き, 根源現象を下位に置いたことであり, いやそれどころか, その導出された現象を再度下位に置き, この導出された現象において, 複合されたものが単一のものとみなされたり, 単一のものが複合されたものとみなされたりしたことである. このようなあべこべなことによって, きわめて奇妙なもつれや混乱が自然学に生じたのであり, このことに自然学はいまもなお苦しんでいる.

(1810 年『色彩論』教示篇第 2 編：物理的色彩 176.)

> *導出された現象 (ein abgeleitetes Phänomen)：ゲーテは, 1823 年に「形態学論考」Ⅱ.1. に掲載した論文において, 自らの研究や考察は導出 (Ableiten) に基づいてきたと述べ, さまざまな対象から離れることなく, その現象から「含蓄深い点 (ein prägnanter Punkt)」を見いだし, その点から多くのことを導き出すまで, またはその点から多くのことが生まれるまで, 休むことなく働くとしている.

しかし, そのような根源現象がたとえ見つけられたとしても, 根源現象をそれとして承認しようとせず, まさにわれわれが観察の限界を認めるべきところで, 根源現象の背後や上にさらになにかを探し求めようとする, という悪はいまだに続いている. 自然研究者は, 根源現象を永遠の静けさと壮麗さのうちにあらしめよ. 哲学者は, 哲学者の領域において根源現象を取り上げよ. そうすれば, 個々の事例, 一般的な項目, 意見, 仮説においてではなく, 根本・根源現

象において価値ある題材がさらなる論述や仕事に与えられるのを見
いだすだろう.

(1810 年『色彩論』教示篇第 2 編：物理的色彩 177.)

*   *   *

根源現象がわれわれの感覚に対して覆われることなく現れると，わ
れわれは一種の畏怖の念に打たれて，不安な気持ちになる．感覚的
な人間であれば，驚愕に救いを見いだす．しかし，すぐに活動的な
仲介者の知性が姿を見せ，知性のやり方で，最も高貴なるものを最
も下劣なものに仲介しようとする.

(1822 年「形態学論考」 I.4.)

わたしが根源現象について最終的に心の落ち着きを得ようとも，そ
れは，やはり単なるあきらめにすぎない．しかし，人間の限界ゆえ
にあきらめるのと，わたしという視野の狭い個人の仮定的限定のな
かであきらめるというのでは，大きな差がある.

(1829 年「遍歴者たちの精神による考察」)

根源現象：理念的，現実的，象徴的，同一的.
経験的知識：経験的知識の無限の増加，それゆえの救いへの希望，
　　　　　完全性への絶望.
根源現象：最後に認識可能なものとして理念的，
　　　　　認識されたものとして現実的，
　　　　　すべての事例を把握するので象徴的，
　　　　　すべての事例と同一的.

(1825 年か 1829 年頃：自筆のメモ)

われわれは導出された諸現象の内に生きていて，いかにして根源的問題に至るべきかをまったく知らない．

（1827 年初頭：詩の下書きの紙にメモ）

わたしたちは色彩論について，とくに，ガラスのコップについて語り合った．そのコップのくもった模様は光にかざすと黄色く，暗闇にかざすと青く見え，根源現象の観察にうってつけだったのである．「人間が到達できる最高のものは，」とゲーテはこの機会に言った．「驚愕だね．根源現象が人間を驚愕させるのなら，それで人間は満足すべきだ．それ以上の高みは，人間には与えられえないし，それ以上のことを根源現象の背後に探すべきではない．ここに，限界があるのだ．しかし，人間はふつうの場合，根源現象を見るだけではまだ不十分だと思い，もっと先に行かなくてはならないと考える．人間というのは，鏡を覗くとすぐに，裏側にあるものを見るために鏡を裏返す子どもと似ているのだね．」

（エッカーマン『ゲーテとの対話』1829 年 2 月 18 日より）

7-2. 色彩論

自然は拷問道具[*]にかけられると口がきけなくなる．誠実な質問に対する自然のうそのない答えは以下の通りである．然り，然り，否，否．そのほかはすべて悪から来ている．

（1821 年「芸術と古代」Ⅲ.1.）

> [*]拷問道具：この「拷問道具」は，ニュートンのプリズムを用いた実験装置を指している．「然り，然り，否，否．そのほかはすべて悪から来ている」は，新約聖書マタイによる福音書 5.37 からの引用である．マタイによる福音

書5「誓ってはならない」には，この世のすべてを知っているのは神のみであり，人間は何も知ることはできないのだから，知らない何か（たとえば天，地，エルサレム，あなたの頭）にかけて誓ってはならないとある．

ひとつの現象，一回の実験では何も証明できない．それは，つながってはじめて成り立つ長い鎖の一部分にすぎない．真珠の首飾りを全部見せずに，一番美しい一粒だけを見せて，ほかの部分も全部同じだと信じ込ませようとする者がいたとしよう．だれかがその取引に手を出すとは到底思えないだろう．
（1821 年「芸術と古代」Ⅲ.1.）

図解，用語説明，尺度，数字，記号は，依然として，いかなる現象も記述していない．ニュートンの学説がかくも長く生き延びられたのは，単に，間違いが，ラテン語翻訳*の四つ折り本のなかに，百年あまりにわたって防腐・保存処理をされていたからにすぎない．
（1821 年「芸術と古代」Ⅲ.1.）

　*ラテン語翻訳：ニュートンの『光学』（1704）は英語で書かれていたが，1706 年にラテン語訳が出版されている．

人は折りをみて自身の信条を繰り返し述べ，何を正当と認め，何を弾劾するのかを表明しなくてはならない．敵方も同様のことをかならず行うのである．
（1821 年「芸術と古代」Ⅲ.1.）

今の時代には，だれであっても沈黙したり譲歩したりすべきではない．話をして動かなくてはならない．それは，打ち勝つためではな

く，自分の地位を維持するためである．多数派なのか少数派なのか
は，まったく関係がない．

(1821年「芸術と古代」Ⅲ.1.)

近年われわれが自然哲学と呼んでいるものは，これを高い象徴性を
通じてきわめて重要なことにわれわれを近づける認識（オルガノン）の方法とみな
せば，その価値がますます高くなることが確実な，偉大な贈り物で
ある．数学，宇宙論，地理学，物理学，化学，自然史，道徳，宗教，
神秘学，これらの専門用語は，われわれに貢献している．人間と自
然の深層を探ることが可能になることばが形成されているのだ．
しかし，自然哲学もまた，そのあらゆることばにおいて長所と短所
を持っており，一方ではある程度のことを成し遂げるが，一方では
自然哲学が特徴を述べようとする対象にしばしば達しないことを知
る謙虚さも必要である．

(18世紀末：同様の手稿がもうひとつある)

最近ではわたしの色彩論*がより求められるようになったので，新た
に美しく彩色された図版が必要となっている．わたしは，このささ
やかな仕事を片づけながら，思わず知らず微笑んでいた．理にか
なったことも不合理なことも明らかにするために，いかにことばに
できないような努力をしたことだろうか．これからは次第に，両者
が理解され承認されることだろう．

(1821年9月21日にゲーテはワイマルの銅板彫刻家ミュラー**に銅版画作成を注
文している)

  *わたしの色彩論：1810年にゲーテはコッタ社から『色彩論』2巻を出してい
   る．第1巻は教示篇，論争篇，第2巻は歴史篇である．

＊＊銅板彫刻家ミュラー（Johann Christian Ernst Müller, 1766-1824）：1788 年
　からワイマルの美術学校で教鞭をとり，1820 年から同校の教授.

ニュートンの間違いはご親切にも百科事典に載っており，色彩と生
涯手を切るには，その八つ折り版のページを暗記学習するだけでよ
い.

（1821 年：前の箴言が書かれていたのと同じ紙に記入されていた）

自然研究者がかならずしもわたしと意見が一致しないのは，かくも
異なる考え方の立場にあれば，まったく当然のことである. わたし
は，わたしの立場をこれからも同様に主張するつもりである. しか
し，審美的，道徳的な分野においてすら，わたしに反論し不利な影
響を及ぼすことが流行になっている. もちろん，わたしは，その出
所と行先，原因と目的をよく承知している. とはいえこの件につい
てはもはや説明はしない. わたしが人生を共にし，かれらのために
生きてきた友人たちは，自分たちについても，わたしの思い出につ
いても，誠実に守るすべを知っているだろう.

（1822 年 3 月 27 日：1822 年「形態学論考」I. 4. に掲載された他の箴言ふたつと
ともに同じ紙にメモされており，日付が入れられていた）

ニュートンとの戦いは，本来，非常に低級な領域で行われる. 悪し
き観察，悪しき展開，悪しき応用，悪しき理論化——これらがなさ
れた現象と戦うのである. かれの罪は，初期の実験では不注意さ，
続く実験では意図的さ，理論化においては性急さ，弁明においては
頑迷さ，そしてすべてにおける半ば無意識半ば意識的な不誠実さで
ある.

（日付のわからない遺稿より）

ランプが燃えるところには，油のしみがある．ろうそくが燃えるところには，燃えて黒くなった芯がある．天の光だけが純粋に輝き，けがれを残さない．

（日付のわからない遺稿より）

*　　　　*　　　　*

[ひとつのまとまりを成す4箴言．1829年「遍歴者たちの精神による考察」に掲載]

十分な証拠を示そうとせず，どう考えているのかをすぐに表明するほうがつねにいい．なぜなら，われわれが持ち出す証明は，とどのつまりわれわれの考えのバリエーションであり，そして，考えが違う人たちは，そのどれにも耳を傾けないのである．

日々前進する自然科学をますます知り親しむにつれて，同時期に起こる前進と後退に関する多くの考察がわたしにはどんどん湧いてくる．しかしここでは一点のみ述べておきたい．われわれは，すでに承認された間違いを学問から厄介払いすることさえしていないのである．この原因は，いわば公然の秘密である．

間違いとは，なんらかの出来事が間違って解釈され，間違って結びつけられ，間違って導き出されることである．しかし，経験や思考の過程において，ある現象が矛盾なく結び付けられて，正しく導き出されることがある．このことは，承認されることはされるが，特別な価値が置かれるというわけではなく，間違いはまったく手もつけられずそのまま併置される．かくして，後生大事に間違いばかり

を収めた一冊の小冊子[*]を手にすることになる.

> *一冊の小冊子（ein kleines Magazin）：ニュートンの光学理論に関する記事
> が収められた冊子，もしくは百科事典を指すと推測されている.

人間はそもそも，自分の意見にしか興味がないものなので，意見を
述べる者はだれでも，自分や味方の考えを強固にするため，あちら
こちらで助けとなるものを探す．しかし真実を取り上げるのは，そ
れが役にたつときのみだ．一方，人は偽りがその場の役にたつとな
るとすぐに，情熱的に美辞麗句を連ねてそれに手をのばす．偽りは，
半端な意見として使えば人の目をくらませるし，埋め合わせとして
使えば支離滅裂なことを見た目だけは繕えるのである．このことを
知って，わたしは当初は怒りを覚えたのだが，その後では悲しくなっ
た．そして，いまでは，他人の不幸は蜜の味といった心境にある．
そのような行いを暴露することは，もう二度としないと心に誓った
のである.

*   *   *

[ひとつのまとまりを成す 7 箴言. 1829 年末：書記ヨハン・ヨーン
による清書がある]

色味をおびた複数の光から唯一の根本的に明るい光[*]を複合する人た
ちは，オプスクランテン^{**}そのものである.

> *唯一の根本的に明るい光：太陽光（白色光）のこと.
> **オプスクランテン（Obskuranten）：この箴言では「偽りを流布する人」と
> いう意味. 人文主義者ヨハネス・ロイヒリン（Johannes Reuchlin,

1455-1522) は聖書研究のためにヘブライ語学習が必要であると考え 1506
年に『ヘブライ語入門』を出版, 1514 年にドミニコ会僧侶によるヘブライ語
書籍焚書の主張に対抗して *Epistolae Clarorum Virorum* を出版した. この
とき, ロイヒリンの主張を援護するために出された風刺文が *Epistolae
Obscurorum Virorum* であり, オプスクランテンの由来はこの書名にある
Obscurorum である. ゲーテは「本来の意味におけるオプスクランティス
ムスとは, 真実, 明快, 有益の普及を妨げることではなく, 偽りを流布する
ことである」(1821 年「芸術と古代」Ⅲ.1.) とも書いている.

偽りの考えに慣れている人は, あらゆる間違いを喜んで受け入れる
だろう.

それゆえに次のことばはまったく正しい.「人をだまそうというの
ならば, まずなによりも先に, 不合理なことをもっともらしく見せ
る必要がある.[*]」

　　*だれのことばなのかは不明である. ゲーテ自身のことばの可能性もある.

自然において支配的なのは光, 道徳において支配的なのは精神だが,
この両者は, 最高の, 考えられうる, 不可分のエネルギーである.

それにしても色彩はほんとうに視覚と結ばれていないのだろうか.

いやそればかりか, 人が色彩を感じると思ったとしても, わたしに
は何の異存もない. 色彩に固有な特徴は, このことを通じてのみ,
さらにいっそう実証されるだろう.

味もするのが色彩である．青は灰汁のような味となり，黄赤は酸っ
ぱい味である．本質の 顕 現 (ルビ:マニフェスタチオーネン) はすべて類似している．

[ひとつのまとまりを成す 8 箴言．1826 年 3 月：書記ヨハン・ヨーンとシュヒャルト*による手稿]

*シュヒャルト（Johann Christian Schuchardt, 1799-1870）：ワイマル宮廷の
文書係で，ワイマル図書館の書籍，資料やワイマル領主の美術品収集物の管
理，目録作成などに従事した．これらの本業のかたわら，シュヒャルトは，
ゲーテの日々の雑用に喜んで手を貸し，口述筆記や原稿の筆記などにもあ
たっている．ゲーテの収集物の目録作成にもあたり，1848 年と 1849 年には
3 巻本にまとめて出版している．1862 年にはワイマル美術学校の長となり，
大公の美術品管理の責任者となっている．

偉大な数学者，ティコ・デ・ブラーエ*は，中途半端な形でしか古い
体系から脱することができなかった．この古い体系は，すくなくと
も人間の感覚には適合していたのだが，かれは自説の正しさにこだ
わり，人間の感覚では見ることができず，考えも及ばない，複雑な
時計仕掛けによってこれを置きかえようとしたのである．

*ティコ・デ・ブラーエ（Tycho de Brahe, 1546-1601）：天文学史上最高で最
後の目視による観測者と呼ばれる天文学者．古い体系（地動説）と新しい体
系（天動説）を組み合わせて，地球の周りを太陽が回り，その太陽の周りを
惑星が回るという宇宙体系を提唱した．ゲーテは『色彩論』歴史篇第 6 部「ア
イザック・ニュートン」の項で，自説の正当性を頑迷に主張して真を認めな
かった学者の例としてブラーエをあげ，かれをニュートンの類似例としてい
る．

数学者としてのニュートンの名声があまりにも高いので，明るく純粋で永遠に曇らない光が暗い光から複合されているという拙劣きわまる間違いが，今日に至るまで生き延びている．この不合理なことをいまもって弁護し，きわめて下劣な聞き手と同じく，意味のないことばでこれを繰り返しているのは，数学者たちではないだろうか？

数学者は，量的なもの，数字や尺度によって決定されるものすべて，つまりいわば外的に認識可能な宇宙を頼りとする．しかし，われわれがこの宇宙を，われわれに可能なかぎり，全身全霊をもって力のかぎり考察すると，量と質が，現象として現れる 存在 のふたつの極とみなされなければならないことを認識する．それだからこそいっそう，数学者は，計測可能で計算可能な世界において，可能なかぎり，測定不能なことも同時に理解するために，かれの公式ということばをかくも高度なものに極めるのである．かくして，数学者の目にはすべてが理解可能で，把握可能で，機械的なものとして見えてくる．そして，かれは，われわれが神と呼ぶ究極の測定不能なものでさえも同時に把握できると考え，それゆえにその特別な，あるいは卓越した存在を捨てるように見えるので，隠された無神論という疑惑を受けるのである．

ことばの根底にあるのは，たしかに人間の知性の能力，理性の能力である．しかし，それを使う人に純粋な知性，教養ある理性，正直な意志があるという前提は，ことばにはかならずしもない．ことばは，目的に合わせて恣意的に使用する道具である．つまり，人はことばを，小事にこだわる，混乱をまねく弁証法にも，支離滅裂な，人を陰鬱にする神秘説にも同じように使うことができるのである．

人は，ことばを安易に悪用して，空虚な，無意味な散文や詩の文句
に用いる．それどころか，人は，韻律学的には非の打ちどころがな
いのだが，ナンセンスな詩節を作ろうとさえするのである．

われわれの友人，騎士チッコリーニ[*]は，「すべての数学者が，その著
書においてラグランジュ^{**}の天才と明確さを用いることを望みたい」
と言っている．つまり，みながラグランジュのような徹底的に明確
な感覚を有し，それをもって，知と学問に取り組むことが望ましい
ということだ．

*騎士チッコリーニ（Lodovico Ciccolini, 1767-1854）：ボローニャ大学教授，
天文学者でマルタ騎士団の騎士．ゲーテはチッコリーニがフォン・ツァッ
ハ（Franz Xaver von Zach, 1754-1832）に書いた手紙を 1826 年に翻訳して
おり，上記の引用はこの手紙からなされている．フォン・ツァッハは 1787
年から 1806 年までゴータのゼーベルク天文台の台長を務め，1801 年にゲー
テはこの天文台を訪れている．

**ラグランジュ（Joseph-Louis de Lagrange, 1736-1813）：ラグランジュは，
イタリアで生まれ，主にフランスで活動した数学者．1766 年に，オイラー
（Leonhard Euler, 1707-1783）の後継としてフリードヒリ大王（Friedrich
der Große, 1712-1786）に招聘されてベルリン科学アカデミー会員となる．
1786 年にフリードリヒ大王が亡くなると，科学アカデミーから身を引いて
パリに赴き，その後はフランスで活動した．フランス革命前夜の 1788 年に
『解析力学』（*Mécanique analytique*）を出版した．

従来の色彩論が拠って立つニュートンの実験は，きわめて工程の多
い複雑なものであり，以下の諸条件をひと続きにして行う．
まやかしが現れるために必要なのは，

1. 一個のガラス製プリズム,

2. これは三角柱で,

3. 小型,

4. 木製の日除窓,
（フェンスターラーデン）

5. そこにはひとつの穴,

6. この穴は非常に小さい,

7. 部屋の中に差し込む太陽の像が,

8. ある一定の距離で,

9. ある一定の方向でプリズムに落ち,

10. ある 板 の上に像を結ぶ,
（ターフェル）

11. この板は, ある一定の距離においてプリズムの向こうに置
   かれている.

これらの条件から 3 番と 6 番と 11 番を外してみるがいい. 穴を大
きくして, 大型のプリズムを用い, 板をその近くに立ててみるがい
い. するとたいそう人気のある例のスペクトルは, 現れようもない
のである.

人は, 秘密めかしてある重要な実験について話し, この実験によっ
て例の学説を確固たるものにしようとする. じつはわたしはこれに
ついてはよく承知しており, なんならお見せすることもできる. こ
のいかさま手品全体は, 上記の条件にさらに二, 三の条件が追加さ
れて, それによって, 手品の呪文がもっと複雑になるというもので
ある.
（ホークスポークス）

スペクトルの中に斜線が現れるというフラウンホーファー*の実験も
同様の方法であり, 光の新たな特徴が発見されるという諸実験もま
た同様である. それらは, 二重三重に複雑である. 少しは有益であ
ろうとするのなら, それらの実験は 要素 に解体されなくてはなら
（エレメント）

ないはずだ．これは，学者には難しいことではない．しかし，これを把握し理解することに関しては，どんな素人も予備知識や忍耐を十分持ち合わせず，どんな敵方も意図や誠実さを十分持ち合わせないのである．人はそもそも，見えるものを受け入れたいものであり，そこから古い結論を引き出すのである．

> ＊フラウンホーファー（Joseph von Fraunhofer, 1787-1826）：光学機器の研究者．1814 年にスペクトルの中に暗線を確認，この暗線の波長を 570 以上計測した．これらの暗線は，フラウンホーファー線と呼ばれている．

こんなことを言っても無駄なことはわかっている．しかし，このことばが公然の秘密として未来のために残されることを望んでいる．ひょっとすると，ラグランジュのような人がこの件にいつかまた興味を持ってくれるかもしれないのである．

7-3. 数学

切り離して示される必要があるのは，自然学（フィズィーク）と数学である．自然学（フィズィーク）は断固たる独立性のうちになくてはならず，数学がその分野で成し遂げることをまったく気にかけることなく，愛，崇拝，敬虔のこもった全力をもって，自然とその神聖な生の奥義を極めようと努めなくてはならない．これに対して，数学は，あらゆる外界から独立していることを表明し，数学独自の偉大な精神の道程を進まなくてはならない．そして，数学は，これまでのように目の前のことに関わり合い，何かを勝ちとろう，何かを適合させようとするときにありうるよりも，もっと純粋に自己形成をしなくてはならない．

（1829 年「遍歴者たちの精神による考察」）

歴史家はすべてを確実にすることはできないし，その必要もない．数学者であっても，5 年後か 11 年後に再来するとされた 1770 年の彗星*が，なぜ特定された時期にまた現れなかったのかについて，説明するすべを知らないのだから．

（長年使われていたノートの 1825 年頃の部分に記入されていた）

> *1770 年の彗星：1770 年にフランスの天文学者メシエ（Charles Messier, 1730-1817）によって発見された彗星 D/1770 L 1．フィンランド系スウェーデン人の数学者レクセル（Anders Johan Lexell, 1740-1784）がこの彗星の軌道計算をしたことから，レクセル彗星と呼ばれる．レクセルは，D/1770 L 1 は 1776 年 3 月に再来すると計算したが，その地平線上への出現が昼間であったので彗星の姿は確認されなかった．

数学者というのはフランス人と似ている．かれらに何かを話すと，かれらはそれをかれらのことばに翻訳する．すると，それはあっという間にまったく別のものになるのである．

（1829 年 5 月 3 日：野菜の注文書の裏側に自筆で記入）

数学者というものは，奇妙な人たちである．かれらの偉大な業績を理由として，勝手に普遍的な同業者組合（ギルド）であると称し，かれらのグループ内の考えに合うこと，かれらの認識の方法（オルガノン）が取り扱えること，それしか頑として承認しようとしない．一流の数学者たちのひとりは，われわれがかれにある自然に関する（フィーズィッシェス）章を強く薦めようとしたときに，以下のように言った．「しかし，計算に還元できるものはやはり何もないのかね？」

（日付のわからない遺稿より．ボール紙の上に書かれていた）

数学とは何なのか，数学は何を目指せば自然研究に本質的貢献ができるのか，逆に数学にふさわしくない場所はどこか，さらに，その再構成以来*，学問と芸術が，間違った応用によっていかなる情けない過ちに陥っているのか，われわれはこれらのことを認識し，表明しなくてはならない．

（日付のわからない遺稿より）

　　*その再構成以来：コペルニクスやケプラーの数学的天文学やガリレオやニュートンの実験的機械装置によって進んだ，古代の自然研究の「合理的再構成」以来という意．

*　　　　　*　　　　　*

[ひとつのまとまりを成す 5 箴言．1829 年「遍歴者たちの精神による考察」に掲載]

数学は，弁証法と同じく，より高度な内的感覚の認識の方法（オルガノン）である．その実行においては，数学は，雄弁術と同じくひとつの技術である．両者にとって価値があるのは，形式以外の何ものでもない．内容は両者にとってどうでもいい．数学が計算するのがプフェニヒかギニー*か，雄弁術が弁じるのが真か偽か，それは両者にとって完全に同じことである．

　　*プフェニヒかギニー：プフェニヒはドイツの通貨単位であり，カール大帝（Karl der Große, 747-814）の時代からユーロ導入まで使用された．当初は銀貨だったが，17 世紀末から価値が下がり銀合金または銅の硬貨になり，18 世紀の半ば頃からほぼ銅貨となった．ギニーは 1663 年から 1813 年まで鋳造された英国の金貨．

しかしやはり問題となるのは，このような仕事を営み，このような技術を用いる人間の性質である．正しいことにおいて強硬な論陣を張る弁護士や，星空の秘密を見抜く数学者というものは，両者とも同様に神のごとく見える．

数学において，正確さ以外に正確なものがあろうか？　さらに，この正確さは，内的な真理感性の結果ではなかろうか？

数学は，偏見を取り除くことができない．強情を和らげることも，党派精神を弱めることもできず，道徳的なことに関しては，数学はまったくなにもできないのである．

数学者は，完全な人間であるかぎりにおいてのみ，真実の美を自らのうちに感じるかぎりにおいてのみ，完全である．そのときはじめて数学者は，徹底的に，明晰に，思慮深く，純粋に，明確に，優美に，まさに上品（エレガント）に影響を与えるであろう．ラグランジュのようになるには，これらすべてが必要である．

*　　　　*　　　　*

[ひとつのまとまりを成す3つの箴言．シュヒャルトによる筆記，2番目と3番目の箴言のみ1829年の「マカーリエの文庫から」に掲載]

もし，人びとが全力をあげて，心と精神，知性と愛をもってひとつになり，お互いを知るという希望が実現したら，どんな人間もいまはまだ考えられないことが起こるだろう．数学者たちは，この普遍

的な道徳的世界連盟に，ひとつの重要な国の市民として迎え入れら
れることをよしとして，しだいに，全世界の君主としてすべてを支
配するという慢心を断念するであろう．かれらは，計算ができない
ものすべてを，取るに足らず，不正確で，不十分だと断言すること
など，もはや思いもしないだろう．

フランス語が磨き上げられた宮廷言語・世界言語としてますます自
己形成を続けながら影響を与えている点で，その優位に異を唱える
者はけっしていないだろう．同様に，数学者の功績を低く見積もる
などだれにも思いつかないはずだ．数学者は，最高の意味において，
数や尺度の支配下にある一切のものを規則づけ，算定し，決定する
すべを知っている．このことによって，きわめて重要な問題を，数
学のことばにおいて討議し，この世に功をなしているのである．
(1829 年「マカーリエの文庫から」に掲載)

考える者ならばだれでも，暦を見たり時計に目をやったりするとき，
この恩恵がだれのおかげなのかを思い出すだろう．かれら（数学者）
に心からの敬意を払って，時間と空間においてかれらの好きなよう
にさせてさえおけば，かれらのほうも，そういったことをはるかに
凌駕するもの，万人に属するもの，それなしでは数学者であっても
行動や活動が不可能であろうもの，これらの存在にわれわれが気づ
くことを認識するだろう．それは，理念と愛である．
(1829 年「マカーリエの文庫から」に掲載)

**[ひとつのまとまりを成す 4 箴言．1829 年 9 月 19 日の劇場のビラ
の裏側に自筆で記入]**

数学だけが確実であると言われるが，数学であっても他のあらゆる知識や行動とそう違いはない．数学が確実なのは，人がそれを確かめることができて，そのかぎりにおいて確信できることがらのみを賢明にも対象としているときである．

数学の方法が誤りのある箇所をすぐに示すことに，まさに数学の高みがある．天体の運行に関して計算が合っていないことを数学が見つけたからこそ，その摂動の推定(**)(?)に向かったのである．この摂動は，いまもって大きすぎたり，小さすぎたりしている．

* 摂動：太陽系の天体は，太陽の引力を受けて楕円軌道上を動いている．しかし，他の惑星の引力を受けてその運動がずれることがあり，その動きを摂動という．
* ** (?)：この疑問符は，原典の文字がゲーテの走り書きであることから解読が困難なために，1907 年の『箴言と省察』編者ヘッカーによって付けられたものである．

この意味において，数学は最も高度で確実な学問とみなされうる．

とはいえ，真／確実であると数学がみなせるのは，真であることのみである．

7-4. 人間と装置

[ひとつのまとまりを成す 4 箴言．1829 年「マカーリエの文庫から」に掲載]

（注）これらの 4 箴言は，ツェルターに宛てたゲーテの手紙（1808 年 6 月 22

日付）の一部を，エッカーマンが抜粋して「マカーリエの文庫から」に収めたものである．この手紙は，「ポロネーズに至るまで感じ取れる，単調への一般的な傾向はどこから来ているのか」というゲーテの問いに答えたツェルターの長い手紙（1808 年 4 月 6 日付）への返信である．両者の間では，弦を押さえる位置によって生じる音程，とくに短 3 度音程に関して意見が交換されている．

人間は，その健康な感覚を使うかぎりは，それ自身，存在しうる装置の中でも最も偉大で正確な 自然学的 装置である．そして，人が実験をいわば人間から切り離し，人工的な器具が示すことのうちだけに自然を認識し，いや，それどころか，自然が成しうることをそれによって限定して証明しようとする点にこそ，まさに最新の自然学の最大の災いがある．

同様のことは，計算にも言える．決定的な実験まで持ち込まれえない非常に多くのことが真であるように，計算されえない多くのことも真なのである．

それに対して，人間はやはり非常に優れているので，ほかでは出現不可能なことが人間の内に現れる．一本の弦でも，弦のあらゆる機械的配分でも，音楽家の耳とは比べものにならない．いや，こうも言えるだろう．自然の根本的現象でさえも，人間とは比べものにならない．なぜなら，人間は，これらの現象への適応をある程度可能にするためには，まずこれらすべてを制御して手を加えざるをえないからである．

*弦のあらゆる機械的配分：弦楽器の弦を指で押さえることによって生じる

　　弦の配分. 弦の中心を押さえると, 一対一の配分になる.

実験で何もかも成し遂げよというのならば, それは実験に多くのことを求めすぎである. たとえば, 現在では単なる接触によってその最高現象が引き起こされる電気は, 当初は摩擦によってしか示せなかったのだから.

7-5. 「古びたこと, ほとんど時代遅れなこと」

[ゲーテ自らが「古びたこと, ほとんど時代遅れなこと」とタイトルをつけた 20 の箴言. 最初の長文はこれらの箴言のための〈前書き〉である. 1823 年に「自然科学一般」Ⅱ. 1. に掲載]

ある知識が学問になるまで円熟すると, 必然的にひとつの危機が生じる. なぜなら, 個々のものを分けて別々に記述する者と, 普遍を念頭において, そこに特殊を付け加えて組み入れることを好む者の違いが明らかになるからだ. 学問的, 理念的, より包括的な論の取り扱いは, 支持者, 後援者, 協力者をどんどん獲得していくものだが, より高い段階にあっても, この違いは, 決定的とまではいえないが, やはり顕著なままである.

わたしが普遍主義者と呼びたいと思う人びとは, 際限のない差異と多様性を伴ってはいるものの, すべてが至るところに存在し, 至るところに発見されうると確信し, 想像している. 一方, わたしが特殊主義者と呼びたい人びとは, 普遍のなかに主要点を認め, これに従って, 観察し, 決定し, 教えるのである. しかし, かれらはつねに, 全体の型が明確ではないところに例外を見いだそうとしている. この点ではかれらは間違っていない. ただかれらの誤りは, 根本形

態が覆われているところでこれを誤認し，根本形態が身を隠しているところでこれを否定することにある．さて，この両方の考え方は根源的なもので，一致することも相殺することもなく，互いに永遠に平行線をたどる．したがって，あらゆる論争を避けるように用心し，信念を明確に飾ることなく述べることが肝要である．

上記のことを受けて，わたしの意見を繰り返しておく．このより高い段階においては，人は知ることはできず，行為を行わなくてはならない．これは，ちょうど遊戯において，知られるところが少ないのに，すべてが成し遂げられうることと似ている．自然は，われわれにチェス盤を与えたのであり，われわれはこのチェス盤から外には働きかけられないし，そうする意志もない．自然は，われわれのために，その価値，動き，力がだんだんとわかる駒を彫り出したのである．いまや，勝利の見込みがあるチェスの手を進めるのは，われわれの番なのである．このとき，だれもが自分のやり方で試み，意見を挟まれることは好まない．というわけなので，なすがままに任せるしかない．われわれは，そのひとりひとりの考えが近いのか遠いのか，じっくりよく観察し，そのあと，こちらの側につくと表明する者ととりわけうまくやっていくだけである．さらに，よく考えていただきたいのは，つねに解答不能の問題と取り組まざるをえないことである．そして，多くの場合われわれへの反論である，なんらかの形で話に出たことすべてに注意を払うことに，すぐさま忠実に取り組んでもらいたい．なぜなら，これによって，対象自体のなかだけではなく，それを話した人間のなかにある問題にもはじめて気づくのだから．わたしがこの研究が進んだ分野で個人的にさらに働きかけをするかどうかは分からない．しかし，わたしは，研究の変化のあれこれや，各人の進歩のあれこれに注意深くありたいし，注意を喚起するつもりでいる．

思うに人間というものはひとりでは生きられないものだ．それゆえに，人はなんらかのグループに所属するのである．なぜなら，たとえ心の平安は得られなくても，そこには，心強さと安心があるからである．

あれやこれやの仕事にもともと向いていない人間というものはたしかにいる．しかし，性急さと慢心は，危険なデーモンであり，たとえきわめて有能な人であっても役立たずにしてしまい，あらゆる働きを停滞させ，自由な進歩を妨げる．このことは，世間のできごと全般に関して言えるのだが，とくに学問に関してはそうである．

自然の領域においては運動と行為が，自由の領域においては才能と意志が働いている．自然の運動は永遠であり，有利な条件のもとでなら，運動はいやおうなく現象のなかに現れる．才能はたしかに天性に従って発展するが，しかしまず意志によって鍛えられ，そしてしだいに高められる必要がある．それゆえにこの自発的な意志には，自然の独立した行為に対するほどの確信が持てない．自然は自律的に行為するが，自発的な意志は成されるものである．なぜなら，この自発的な意志は，完全になり作用するためには，道徳的なものにおいては迷いのない良心に，一方芸術の領域においてはけっして明確には述べられない規則に，従う必要があるからだ．良心は始祖を必要とせず，すべてが自足しており，ただ自身の内的な世界と関係している．天才もまたどんな規則も必要としない．自足すれば，規則はおのずから与えられるのである．しかし，天才が外へ向かって活動すると，それは題材と時間によって幾重にも制限される．そして，この両者のために，天才は必然的に迷わざるをえない．それゆえに，統治であれ，詩，彫刻，絵画であれ，術（クンスト）たるものすべてが，

あらゆる点であのように奇妙で危なげに見えるのである.

ある直観をすぐに結果に結び付け, 両者を同等のものとみなすのは,
憂慮すべきことであるが, 残念ながら多くの観察者に起こることで
ある.

学問の歴史は, 学問に起こることすべてに際して, ときに速く, と
きにゆるやかなテンポで連続して起こるいくつかのエポックを, われ
われに示してくれる. 重要な見解が, 新たにまたは更新されて,
表明される. その見解は, 遅かれ早かれ承認される. 協力者が見い
だされるのだ. その結果は, 弟子たちに伝えられる. 教えられ, 考
えが植えつけられる. そして, われわれは, その見解が真なのか偽
なのか, その点に関してはまったく問題にされていないことに, 残
念ながら気がつく. 真も偽も同じ道を行き, 最後には決まり文句と
なり, 死んだことばとして, 記憶に刻み込まれるのである.

日々起こる真と偽を百科事典のごとく列挙して伝える著作は, 間違
いの永遠化にとりわけ貢献している. そこでは学問は行われえず,
人が知り考え思いこむことがそのまま受け入れられている. それゆ
えにそのような著作は, 五十年後には, まったく奇妙に見えるので
ある.

まず自分自身を教育することだ. そうすれば, ほかの人からの教え
も受けとめるだろう.

理論というものは, 通常は, 現象から離れようとして, そのかわり
に形象や概念, そればかりか, しばしば単なることばさえも押し込

む，短気な知性の性急さの産物である．それが単なる一時しのぎで
あることは，人はうすうす感じているし，じつは分かってもいよう．
しかし，熱中や党派心は，いつの時でも一時しのぎを好むものでは
ないか．なにしろその場を取り繕う必要があるのだから，当然の帰
結ではある．

（この箴言のみ，1829年「遍歴者たちの精神による考察」にも収められている）

われわれは，自分の状況を神のせいにしたり，悪魔のせいにしたり
して，いずれのときも間違える．謎は，このふたつの世界の申し子
であるわれわれ自身の中にある．色彩についても同様である．人は
色彩を光の中に求めたり，遠く離れた宇宙の中に求めたりして，ま
さに色彩がつねにあるところには，色彩を見いだすことができない
のだ．

ある種の病理学的な実験物理学*が講義されて，例のいかさまがすべ
て白日のもとにさらされる日がやがて来るだろう．そのいかさまは
知性をごまかし，知らぬ間に人びとを納得させてしまうのだが，最
悪なことは，実用的な進歩をあらゆる点で妨げることである．諸現
象は，今度こそ断固として，陰鬱な経験的・機械的・独断的な拷問
室の中から，常識という陪審員の前に引き出される必要がある．

　*病理学的な実験物理学：実験物理学が衰退したのち，この学問に関して「診
　　断学による検死」を行うこと，つまり，実験物理学の実体の検証ではないか
　　と推測されている．

ニュートンがプリズムの実験において，光線を表すために一本の線
を都合よく記号化する目的で，可能なかぎり開口部を小さくしたこ

とが，治癒不能な過ちというものを世界にもたらした．ひょっとす
ると，この過ちにはこれからさき何世紀も苦しむことであろう．
この小さな穴によって，マリュス**は冒険的な理論に駆り立てられた．
もしもゼーベック***があれほど慎重でなかったとしたら，かれはこれ
らの諸現象の根源原因，つまり内視的色彩（エントオプティッシェ　ファルベン）を発見するのを妨
げられたに違いなかった．

> *開口部（die Öffnung）：ニュートンの実験装置である遮光窓の開口部を指す．
> この開口部を通して，暗室に光を導き入れる．
> **マリュス（Etienne-Louis Malus, 1775-1812）：マリュスは，ナポレオン軍
> の陸軍技師で物理学者．フランス科学アカデミーによる方解石の二重屈折
> に関する懸賞問題に答えようとして，1808年偏光現象を発見した．
> ***ゼーベック（Thomas Johann Seebeck, 1770-1831）：レバル（現エストニ
> ア共和国タリン）に生まれたバルトドイツ人の物理学者．ゲーテの色彩論
> に影響を受けて1806年から光学実験に取り組んだ．1808年には，ゼーベッ
> クは，異なる色光は銀塩を異なる速度で黒くすることを発見して，カラー写
> 真の原理に至っている．1814年に内視的色彩を発見．1822年にはゼーベッ
> ク効果（熱電効果の最初のひとつ）を発見し，人工電源の発展に寄与した．

とはいえ一番おかしなことは，人間というものはたとえ間違いの原
因を暴いたとしても，だからといってその間違いそのものを捨てな
いことである．リーデ博士*を筆頭に多くのイギリス人たちがニュー
トンに対して熱をこめて以下のように反論している．

> 「プリズムの像はけっして太陽の像ではなく，遮光窓の開口部
> の像であり，それは色の縁取りで飾られている．プリズムの像
> には，自然のままの緑はなく，この緑は，青と黄の混色により
> 生じており，ここで解像**ということばを使うとすれば，黒い線

と白い線が色の中に解像されて見える可能性がある.」

このくらいで十分だろう. 要するに, われわれが何年も前から明ら
かにしてきたことすべてを, この良き観察者は, 同様に世に問うて
いるのである. しかし, かれはやはり異なる屈折性という固定
＊＊＊
観念から解き放たれていない. かれはこの考えをひっくり返しては
いるが, 場合によると, かれの偉大なる師匠 よりももっとひどい固
定概念に捕われている. 新しい見解に感激して, あのさなぎの状態
から脱する代わりに, かれはとっくに大人になって広げた手足を新
たにさなぎの殻に収めようとしているのである.

* リーデ博士 (Joseph Bancroft Reade, 1801-1870)：イギリスの牧師で科学者.
  写真術の先駆者ともされる. ゲーテは, かれの *Experimental outlines for a
  new theory of colours, light and vision, with critical remarks on Sir Isaac
  Newton's opinions, and some new experiments on radiant caloric* (1816) を
  1817 年に読んだ.

** 解像 (Auflösen)：レンズを通して像を細部まで写しだすこと.

*** 異なる屈折性という固定観念 (die fixe Idee einer diversen
  Refrangibilität)：ゲーテは『色彩論』第 2 部論争篇の第 1 篇をニュートンの
  『光学』の第一命題第一定理 „Lichter welche an Farbe verschieden sind,
  dieselben sind auch an Refrangibilität verschieden und zwar gradweise."
  ("Lights which differ in Colour, differ also in Degrees of Refrangibility.") で
  始めており, この第一命題のうちに, ニュートンの学説すべてが「胡桃の中
  にあるように」存在しているとしている. また, ここでゲーテは自分ならば
  いきなり抽象的なことば Refrangibilität は使わず, Refraktion を使用する
  と書いている.

根源現象に直に気づくことは, われわれを一種の不安に陥れる. つ

まり，われわれは自身の不十分さを感じるのだ．経験的知識と永遠
に戯れることによって活気づけられたときにのみ，根源現象はわれ
われを喜ばせるのである．

それを口に出すだけで説明が完了する磁石は，根本現象のひとつで
ある．それゆえに，磁石は，説明のためにことばや名前を探す必要
のない，その他の現象すべての象徴となる．

活発なものはすべて，自身の周りに空　気（アトモスフェア）を放射する．

16 世紀と 17 世紀の卓越した男性は，われわれの時代のフンボルト[*]
のように，ひとりひとりがアカデミーそのものだった．しかし知識
というものが，恐ろしく急激に広まった時期になると，個々では不
可能になることをひとつにまとまって導くために，私的な個人（プリバートロイテ）が連
合した．大臣，侯爵，王とは，かれらは距離を置いたのである．い
かに，フランスの秘密集会[**]が，リシュリューの支配をはね付けよう
と試みたことか．いかに，オックスフォードやロンドンの協会[***]が，
チャールズ 2 世の寵臣たちの影響力を妨げたことか．
しかし，その出来事が過去のこととなって，諸学問が国の統治体の
一部としての自覚をもち，行列やほかの式典で序列を授けられたと
き，より高い目的はやがて見失われたのである．人は自らをひけら
かし，諸学問もまた，けちなマントを身にまとい，ちっぽけな被り
ものを頭に被ったのである．わたしの色彩論の歴史においては，同
様なことを非常に詳しく引きあいに出している．この本に書かれて
あることはしかし，つねに実現されるために，そこにあるのである[****]．

　* フンボルト（Friedrich Wilhelm Heinrich Alexander von Humboldt,

1769-1859）：ベルリンの貴族の家系に生まれた自然研究者，博物学者，地理
学者で探検家．1799 年から 1804 年にかけて南米大陸のオリノコ，リオ・ネ
グロ，カルタヘナ，リマ，メキシコを探検旅行したのち，調査・研究結果を
まとめるにふさわしい場所としてパリを選択，ナポレオン戦争のためいっ
たんベルリンに帰るが，再びパリに戻り，1827 年までパリで研究活動を行
なった．主著『コスモス』は，1845 年から 1862 年にかけて世に出ている．

＊＊フランスの秘密集会：アカデミー・フランセーズを指す．この団体の始ま
りは，1630 年頃から詩人コンラール（Valentin Conrart, 1603-1675）の家で
行われていた文芸愛好家による私的な集まりである．フランス国王ルイ 13
世（Loui XIII, 1601-1643）の宰相リシュリューが，これを公共機関とした．
1635 年に国王の勅許状が下り，公式に発足した．

＊＊＊オックスフォードやロンドンの協会：ゲーテの『色彩論』歴史篇第 6 部
「王立教会の不確かな起源」によると，1645 年にロンドンで自然愛好者たち
により協会が，また 1648 年と 49 年にオックスフォードにて類似の協会が
生まれたとされる．その後，ピューリタン革命にあって，ケンブリッジと
オックスフォードの両大学は，クロムウェル（Oliver Cromwell, 1599-1658）
から多くの迫害を受け，沈黙を余儀なくされた．1660 年チャールズ 2 世
（Charles II, 1630-1685）が即位，王政復古となると，オックスフォード協会
の会員たちの大部分はロンドンへ赴き，活動を再開．このロンドン協会が，
1662 年に，チャールズ 2 世によって，王立協会となった．

＊＊＊＊この本に書かれてあることはしかし，つねに実現されるために，そこ
にあるのである．：この文章には，新約聖書マタイによる福音書 21.4 と 26.
56 の文の反映がある．

自然を理解してそれを直接的に利用することができる人間は少ない．
認識と利用の間に，人間は，嘘の織物をでっちあげることを好み，
それを入念に作り上げ，そのために肝心の対象と同時にその利用を

も忘れるものなのである.

これと同様に容易に理解されないのは，最小の圏内でも生じること
が，大自然においても起こるということだ．経験によってそれを認
めざるをえなくなって，ようやく人は納得するのである．磨かれた
琥珀[*]に引き寄せられる藁は，途方もない大きさの雷雨と類似関係に
ある．いや，それはまさに同一の現象なのである．このミクロメー
ギッシュなこと[**]は，いくつかの他の事例にも認められる．しかし，
純粋な自然精神というものは，すぐにわれわれを見捨てる．そして，
虚飾のデーモンがわれわれをとらえて，至るところで大きな顔をす
るのである.

[*]磨かれた琥珀：ウールの布地で擦られた琥珀は，藁を引きつける．このとき，
　電気が生じている．

[**]ミクロメーギッシュなこと：ゲーテは，雷雨と磨かれた琥珀のような大自
　然の事象と小自然の事象の類似性について，makro-mikromegisch という
　ことばを使用していた.

自然にはあまりにも多くの自由があらかじめ与えられているので，
われわれが知識や学問で自然を全般的に意のままにすることはでき
ないし，自然を狭いところに押し込めることもできない.

その時代の間違いと折り合うのは難しい．それらに抵抗すると，孤
立することになる．一方，それらに捕われると，名誉も喜びも失う
ことになる.

参 考 文 献

（注）翻訳に使用したテキスト，参考にした注などが収められた主な本を挙げている．
貴族の称号 von の有無については各文献の表記に従った．

Johann Wolfgang von Goethe: Maximen und Reflexionen. Hrsg. von Max Hecker.
Weimar（Verlag der Goethe=Gesellschaft）1907.

Johann Wolfgang von Goethe: Maximen und Reflexionen. In: Goethes Werke. Bd.
12. Textkritisch durchgesehen von Erich Trunz und Hans Joachim
Schrimpf. Kommentiert von Herbert von Einem und Hans Joachim
Schrimpf. München（C. H. Beck）Zwölfte, durchgesehene Auflage 1994.

Johann Wolfgang Goethe: Sprüche in Prosa. Sämtliche Maximen und Reflexionen.
In: Sämtliche Werke. Briefe, Tagebücher und Gespräche. Abtlg. I. Bd. 13.
Hrsg. von Harald Fricke. Frankfurt am Main（Deutscher Klassiker Verlag）
1993.

Johann Wolfgang Goethe: Wilhelm Meisters Wanderjahre. Maximen und
Reflexionen. In: Sämtliche Werke nach Epochen seines Schaffens. Bd. 17.
Hrsg. von Gonthier-Louis Fink, Gerhart Baumann und Johannes John.
München und Wien（Hanser Verlag）2006.

Johann Wolfgang Goethe: Wilhelm Meisters Wanderjahre. In: Sämtliche Werke.
Briefe, Tagebücher und Gespräche. Abtlg. I. Bd. 10. Hrsg. von Gerhard
Neumann und Hans-Georg Dewitz. Frankfurt am Main（Deutscher
Klassiker Verlag）1989.

Johann Wolfgang Goethe: Zur Farbenlehre. In: Sämtliche Werke. Briefe,
Tagebücher und Gespräche. Abtlg. I. Bd. 23/ 1 . Hrsg. von Manfred Wenzel.

Frankfurt am Main (Deutscher Klassiker Verlag) 1991.

Johann Peter Eckermann: Gespräche mit Goethe in den letzten Jahren seines Lebens. Hrsg. von Otto Schönberger. Stuttgart (Philipp Reclam jun.) 1994.

Johann Wolfgang von Goethe: Maxims and Reflections. Translated by Elisabeth Stopp. Edited with an Introduction and Notes by Peter Hutchinson. Penguin books 1998.

Albrecht Schöne: Goethes Farbentheologie. München (C. H. Beck) 1987.

ヨーハン・ヴォルフガング・フォン・ゲーテ著,岩崎英二郎・関楠生訳『箴言と省察』ゲーテ全集 13 所収,潮出版社,1994 年 4 刷.

ヨーハン・ヴォルフガング・フォン・ゲーテ著,登張正實訳『ヴィルヘルム・マイスターの遍歴時代──もしくは諦念のひとびと』ゲーテ全集 8 所収,潮出版社,1994 年 4 刷.

ヨーハン・ヴォルフガング・フォン・ゲーテ著,木村直司訳『色彩論』筑摩書房〔ちくま学芸文庫〕,2003 年 4 刷.(ゲーテ全集 14 所収,潮出版社,1980 年初版を基に刊行された文庫版である)

ヨーハン・ヴォルフガング・フォン・ゲーテ著,高橋義人・前田富士男訳『色彩論──Ⅰ教示篇・論争篇』工作舎,2001 年 2 刷.

ヨーハン・ヴォルフガング・フォン・ゲーテ著,南大路振一・嶋田洋一郎・中島芳郎訳『色彩論──Ⅱ歴史篇』工作舎,2001 年 2 刷.

ヨーハン・ヴォルフガング・フォン・ゲーテ著,高橋義人編訳,前田富士男訳『自然と象徴──自然科学論集』冨山房〔冨山房百科文庫〕,1999 年 7 刷.

ヨーハン・ヴォルフガング・フォン・ゲーテ著,相良守峯訳『イタリア旅行』(全

3 冊），岩波書店〔ワイド版岩波文庫 185〕，2001 年 1 刷．

ヨーハン・ペーター・エッカーマン著，山下肇訳『ゲーテとの対話』（全 3 冊），
　　岩波書店〔ワイド版岩波文庫 191〕，2001 年 1 刷．

人名索引

《編訳者紹介》

長谷川弘子（はせがわ　ひろこ）

現　在　杏林大学外国語学部教授

主要業績

『「本の町」ライプツィヒとゲーテ──ドイツ市民文学の揺籃期を探る』（晃洋書房，2016年）

『ベルリン・サロン──ヘンリエッテ・ヘルツ回想録』（共訳，中央大学出版部，2006年）

『メドレヴィング──地底からの小さな訪問者』（単訳，三修社，2006年）

『聖書を彩る女性たち──その文化への反映』（共著，毎日新聞社，2002年）

『ドイツ女性の歩み』（共著，三修社，2001年）

ゲーテのことば

2021年7月20日　初版第1刷発行　　　＊定価はカバーに表示してあります

著　者　　J.W.v. ゲーテ
編訳者　　長　谷　川　弘　子
発行者　　萩　原　淳　平
印刷者　　田　中　雅　博

発行所　株式会社　晃　洋　書　房

〒615-0026　京都市右京区西院北矢掛町7番地
電話　　075(312)0788番㈹
振替口座　01040-6-32280

装丁　野田和浩　　　　印刷・製本　創栄図書印刷(株)

ISBN978-4-7710-3509-6